よろず占い処　陰陽屋桜舞う

天野頌子

もくじ

よろず占い処　陰陽屋桜舞う

◆登場人物一覧◆

安倍祥明（あべのしょうめい）　陰陽屋の店主。陰陽屋をひらく前はクラブドルチェのホストだった。

沢崎瞬太（さわざきしゅんた）　陰陽屋のアルバイト高校生。実は化けギツネ。新聞部。

沢崎みどり　瞬太の母。王子稲荷神社で瞬太を拾い、育てている。看護師長。

沢崎吾郎（ごろう）　瞬太の父。勤務先が倒産して主夫に。趣味と実益を兼ねてガンプラを製作。

沢崎初江（はつえ）　吾郎の母。谷中で三味線教室をひらいている。

小野寺瑠海（おのでらるみ）　みどりの姪。気仙沼の高校生。男児を出産。

斎藤伸一（さいとうしんいち）　瑠海の夫で同級生。新米パパ。元バスケットボール部。

安倍優貴子（あべゆきこ）　祥明の母。息子を溺愛するあまり暴走ぎみ。

安倍憲顕（のりあき）　祥明の父。学者。蔵書に目がくらんで安倍家の婿養子に入った。

安倍柊一郎（しゅういちろう）　優貴子の父。学者。やはり婿養子。学生時代、化けギツネの友人がいた。

山科春記（やましなはるき）　優貴子の従弟。主に妖怪を研究している学者。別名「妖怪博士」。

槙原秀行（まきはらひでゆき）　祥明の幼なじみ。コンビニでアルバイトをしつつ柔道を教えている。

高坂史尋（こうさかふみひろ）　瞬太の同級生。通称「委員長」。新聞部の元部長。

江本直希（えもとなおき）　瞬太の同級生。自称恋愛スペシャリスト。新聞部。

岡島航平（おかじまこうへい）　瞬太の同級生。ラーメン通。新聞部。

三井春菜（みついはるな）　瞬太の同級生で片想いの相手。陶芸部。祥明に片想い。

倉橋怜（くらはしれい）　瞬太の同級生で三井の親友。剣道部のエース。

青柳恵（あおやぎめぐみ）　瞬太の同級生。瞬太に失恋。演劇部。

遠藤茉奈（えんどうまな）　瞬太の同級生。高坂のストーカー。新聞部。

浅田真哉（あさだしんや）　瞬太の同級生で高坂をライバル視している。パソコン部。

白井友希菜（しらいゆきな）　新聞部の後輩で現在の部長。中学の時から高坂に片想い。

山浦美香子（やまうらみかこ）　瞬太のクラス担任の音楽教諭。通称「みかりん」。

只野（ただの）　瞬太が一年生の時クラス担任だった理科教諭。

金井江美子（かないえみこ）　陰陽屋の常連客。上海亭のおかみさん。

仲条律子（なかじょうりつこ）　陰陽屋の常連客。通称「プリンのばあちゃん」。

月村颯子（つきむらさつこ）　化けギツネの中の化けギツネ。別名キャスリーン。優貴子の旅行友だち。

月村佳流穂（つきむらかるほ）　颯子の娘。飛鳥高校の食堂で働いていた。通称「さすらいのラーメン職人山田さん」。

葵呉羽（あおいくれは）　颯子の姪で瞬太の生みの母。瞬太を王子稲荷の境内に託した。

葛城小志郎（かつらぎこしろう）　クラブドルチェのバーテンダー。実は化けギツネ。葛城燐太郎の弟。

葛城燐太郎（かつらぎりんたろう）　葛城小志郎の兄で瞬太の実の父。月村颯子に仕えていたが十九年前に死亡。

鈴村恒晴（すずむらつねはる）　山科春記の助手。葛城燐太郎の親友で、燐太郎の死後、呉羽と結婚。

雅人（まさと）　クラブドルチェの元ナンバーワンホスト。現在はフロアマネージャー。

燐（りん）　クラブドルチェの現在のナンバーワンホスト。王子さまキャラ。

朔夜（さくや）　クラブドルチェのホスト。執事キャラ。

武斗（たけと）　クラブドルチェのホスト。スポーツマンキャラ。

綺羅（きら）　クラブドルチェのホスト。小悪魔系美少年キャラ。

思いがけない罠と灰色の未来予想図

一

せっかちな沈丁花のつぼみが赤紫に色づき、春の到来が近いことを知らせる二月の終わり。

東京都北区王子にある森下通り商店街の午前十時五十分は、通勤通学の客とランチタイムのはざまの、のんびりした時間帯である。

都立飛鳥高校の制服を着た沢崎瞬太は、商店街の中ほどにある、古い喫茶店のドアをあけた。

瞬太と同じクラスの、高坂史尋も一緒だ。

黄ばんだ壁やプラスチックの観葉植物にしみついた煙草のにおいに、瞬太は鼻をしかめる。

この喫茶店は、王子でもだいぶ少なくなった喫煙可能な店なので、愛煙家たちのたまり場と化しているのだ。

「いらっしゃいませ」

二人を案内しようとした店員が、あら、と、首をかしげた。

「陰陽屋(おんみょうや)の瞬太君？　今日は早いのね」

瞬太はこの喫茶店の近くにある陰陽屋で、まる三年半アルバイトをしているので、商店街の人たちとはすっかり顔なじみである。

「三年生だから授業はもうないんだ」

「ああ、もうすぐ卒業なのね」

「うん、まあ」

瞬太はちょっと困った顔で、言葉をにごした。

「陰陽屋の店長さんは来てますか？」

店員に尋ねたのは、高坂だ。

「陰陽屋さんなら、いつもの席よ」

店員が指し示した方を見ると、奥まった席で、祥明(しょうめい)は新聞をひろげていた。右手にはコーヒーカップ、左手には吸いかけの煙草。

端整な顔にかかる長い黒髪をゆるくたばね、てらてらした紫のシャツに、黒いジャケットをはおっている。

この店でモーニングを頼み、新聞を読むのが、祥明の習慣なのだ。

「こんにちは、店長さん」

高坂が声をかけると、祥明は新聞から目をあげ、けげんそうな顔をした。

「どうしたんだ、こんな朝っぱらから二人そろって」

もう十一時近いのに、朝っぱらと言い切るのは、祥明ならではである。

「キツネ君、補習は受けたのか？」

「ちょっと、いろいろあって……」

瞬太は思わず視線をそらした。

「サボったのか」

祥明は器用に眉を片方つりあげる。

「ちゃんといつもの時間に家をでたんだ。でも、信号待ちしている間に、寝ちゃったみたいで……」

「たまたま僕が沢崎を発見した時は、もう九時半だったんです」

「立ったまま寝る人間って、本当にいるんだな」

祥明があきれ顔で言うと、瞬太はしょんぼりと肩をおとした。

だっておれ、人間じゃなくて化けギツネだから、と、言いわけをしようとしたが、むなしくなってやめる。

「自分でもびっくりだよ……。おれ、もう、高校やめようかな……」

「まあまあ。まずは何か食べて、それから考えようよ。僕も小腹がすいたし」

瞬太はこくりとうなずいて、祥明のむかいの席に腰をおろした。

注文をとりにきた店員に、瞬太はハヤシライスを、高坂はサンドウィッチを頼む。

「おれって、こんな時でも、食欲なくならないんだよな」

「いいことだよ」

「そうかなぁ」

瞬太は自分にブツブツ言いながらも、ハヤシライスをきれいに平らげ、さらにデザートのカスタードプリンを頬ばった。

「で、高校には行ったのか？」

男子高校生たちが旺盛な食欲を満たしている間、だまって新聞を読んでいた祥明が、ようやく口をひらいた。

「委員長が、とにかく大急ぎで学校へ行こうって言うから……」

補習授業を休まず、そして眠らずに受ければ、高校を卒業させてもらえるはずだった。

高坂をはじめとする友人たちと一緒に卒業式に出席したい、ただその一心で、瞬太はこの一ヶ月近く、ひとりで補習授業に出席し続けたのだ。

いつもなら瞬太をおこしてくれる高坂も江本（えもと）もいない。

そもそも受験シーズンの三年生は全員、自宅学習なのである。

就職する者や、倉橋怜（くらはしれい）のように推薦入学が決まっている者は、部活のために午後だけ登校することもあるが、教室で授業を受けているのは瞬太ひとりだ。

眠いし寂しいし、いろいろつらい補習だった。

でもそれも、もうすぐ終わるはずだったのだ。

信号待ちの間に、立ったまま眠ったりしなければ……。

路上で高坂におこされた時、瞬太は自分のあまりの間抜けさに頭が真っ白になり、口から魂が抜けそうになった。

もうおしまいだ。

これまで決死の覚悟でがんばってきたけど、全部水の泡だよ、ばかばかばか、おれのばか。

夜行性のキツネ体質が、こんなに腹立たしかったことはない。

みんなが卒業したあと、ひとりだけ三年生をもう一度やるなんて、想像するだけで気が遠くなる。

「どうせ勉強嫌いだし、高校やめようかな……。嗅覚の修業は若いうちにはじめた方がいいって佳流穂（かるほ）さんも言ってたし」

いつもの高坂なら、嗅覚の修業って何をするの、とか、佳流穂さんって誰、など、即座に取材スイッチが入るところだが、今日はちがった。

「何を言ってるんだ。とにかく大急ぎで教室へ行こう。もしかしたら、運良く、先生も遅れてるかもしれないだろう」

高坂は瞬太の腕をつかむと、高校へむかってかけだす。こんな強引な高坂は珍しい。

二人で息をはずませて教室へかけこむと、クラス担任のみかりんこと山浦美香子（やまうらみかこ）先生が、両手を腰にあて、けわしい顔で仁王立ちしていた。

かわいらしいミントグリーンのスーツがだいなしである。

「お、おはよう、ございます」

息をきらしながら高坂が言うと、瞬太もぺこりと頭をさげた。

「おはよう、沢崎君、高坂君。英語の補習授業をしてくれるはずだった佐藤先生は、沢崎君が来ないから、あきれて職員室にもどってしまったわ」

「ごめん、おれ、信号待ちをしている間に寝ちゃったみたいで……」

「今、つまらない冗談で笑える気分じゃないんだけど」

先生の目が般若のようにつりあがる。

「沢崎は睡眠障害なんです！　嘘でも冗談でもありません！」

「そ、そうなんだよ！」

瞬太と高坂は二人で、平謝りに謝った。

しまいには先生も根負けして、「わかった。信じるわ」と、認めてくれたのだが。

「でも、事情はどうあれ、沢崎君は補習を欠席した。これはゆるがぬ事実よ。あたしの一存で、なかったことにはできないわ」

「じゃあおれの卒業は……？」

「職員会議の結果次第ね。沢崎君がずっとがんばって補習を受けていたのは、他の先生がたもみんな認めてるけど、とにかく卒業単位がとれないことには、どうにもならないわ」

山浦先生は気の毒そうに言う。

「そうか……。まあいいや。おれは別に何がなんでも卒業したい……」

「卒業したいんだよね、沢崎！」

すばやく高坂がかぶせてきた。何がなんでも卒業したいわけじゃないし、と、瞬太が言いかけたのを察知したのだろう。

「僕たち、一緒に卒業式にでようって約束してるんです！」

「そうだったの……」

瞬太はそんな約束なんかした覚えはない。

高坂の口からでまかせである。

「先生、沢崎は明日、必ず八時半までに登校しますから、よろしくお願いします！」

「わかったわ。がんばってね」

山浦先生は二人にうなずいた。

二

二人の話が終わると、祥明はおもむろに、白い煙を吐きだした。

「なるほどな。事情はわかった。それでキツネ君が逃げ出さないか心配して、メガネ少年がわざわざここまでついてきたのか」

「え？」

瞬太は驚いて、カスタードプリンから顔をあげた。

「それだけじゃありませんけど」

高坂は苦笑いで答えるが、ほぼほぼあたりだろう。

「キツネ君には、はるばる京都まで逃げた前科があるからな」

「う、ごめん。てっきり委員長は、祥明に用があるんだとばっかり……」

そうだ、高坂は受験生だった。

心配なんかかけている場合じゃない。

「おれ、たしかに三年生をもう一回やるくらいなら、高校をやめてもいいとは思ってるけど、でも、黙っていなくなったりはしないから大丈夫だよ」

瞬太は大真面目(おおまじめ)な顔で、高坂に宣言した。

「それを聞いて安心した。まだ卒業できる可能性は十分残ってるから、早まったことはしちゃだめだよ」

「……うん、ありがとう」

「残りの補習にちゃんと出席すれば、きっとなんとかなるから。くれぐれも信号待ちには気をつけて」

「わかった」

「じゃあ、僕はこれで」

高坂が立ち上がったところを、祥明がよびとめた。

「ところで君はなぜ今日、学校へ行ったんだ？」

「昨日、私立大学の合格発表があったので、先生に報告しようと思ったんです。電話ですませてもよかったんですが、なんとなく沢崎の様子が気になって」

そういえば先生に報告するのを忘れたな、と、高坂は苦笑する。

「え、合格発表!?　どうだったの!?」

「合格だったよ。早稲田の文学部」

「そうか、おめでとう！」

瞬太は高坂の両手をぎゅっと握って、ぶんぶん上下にふる。

「ありがとう。これで浪人の心配はなくなったよ」

「でも文学部ってちょっと意外だな。委員長はもっと政治とか経済とか法律とか、新聞記者っぽい学部を受けるのかと思ってた。あ、でも、文章力がないといい記事が書けないから、文学部の方がいいのか」

瞬太が一人でブツブツ言うのを、高坂は面白そうに見ている。

「それだけでもないけど」

「え？」

「そのへんについては、また落ち着いたら話すよ。とにかく補習には……」

「遅刻しないこと。わかったよ」

高坂はあれこれ念をおしてから、駅のむこうにある自宅へ帰っていった。

瞬太はすっかり気のぬけた足どりで、森下通り商店街を祥明とならんで歩いた。

「委員長は優しいから、卒業できる可能性は十分残ってるなんて言ってたけど、たぶん、無理だと思うんだ。みかりんも、卒業単位がたりないことには、どうにもならないって言ってたし」

瞬太はうつむきかげんで、ぼそぼそと言う。

「キツネ君が自分でそう思うのなら、だめだろうな」

「えっ」

「何がなんでもメガネ少年たちと一緒に卒業してやる、くらいの意気込みがないと、明日も遅刻するぞ」

「そ、そうだな。よし。おれは卒業する。おれはみんなと一緒に卒業する」

瞬太は自分に言い聞かせるように、小声でぶつぶつ唱えはじめた。

すれちがう人たちが、いぶかしげな表情をうかべる。

「委員長や、江本や、岡島と一緒に……」

だんだん瞬太の声が小さくなってくる。

陰陽屋の階段をおりる頃には、瞬太の声はすっかり弱々しいつぶやきになっていた。

「卒業、できる……かな……」

童水干（わらべすいかん）に着替え終わると、ロッカーの扉を閉じて、ため息をついた。

同じく白い狩衣（かりぎぬ）に着替えた祥明は、店の奥にあるテーブルの蠟燭（ろうそく）に、ライターで火をともしている。

「なあ、祥明。占ってくれよ」

「なにを？」

「おれが高校を卒業できるかどうか」

「このまえも書物占いをしたばかりだろう。たしか結果は、決定権は他の人が握っている、だったか？　まさにその通りじゃないか」

「そうだった……」

瞬太は愕然とする。

軽い気持ちで開いた本だったが、なかなか強烈なパンチをくらったのだった。

「そもそも卒業できるかどうかなんて、くよくよ考えたからって、今さらどうにもならないだろう。さっさと前の通りにお品書きをだして、掃除しろ」

「はーい」

たしかに祥明の言う通りである。

瞬太はお品書きの黒板をかかえて、階段をのぼっていった。

森下通り商店街は、近くに専門学校があるせいか、飲食店の比率が高い。

十二時近くになると、それぞれの店から、いっせいにいい匂いがただよってくる。

これは上海亭(シャンハイてい)のラーメンと餃子の匂い、こっちはキッチン宮本(みやもと)のポークジンジャーの匂い、あれはさっきの喫茶店のエビピラフの匂い。

さっき食べたばかりなのに、もうお腹がすいてきそうだ。

まだお客さんは来ないし、まずは階段の掃除でも、と、思ったのだが、やはりいつも通り、掃除は夕方の方がいいのかもしれない。

瞬太がほうきをかかえて、店内に戻ろうとした時。

「沢崎、一緒にアジアンバーガー行かない？」

背後から聞き慣れた声がした。同級生の江本直希(なおき)だ。

今日はオレンジのパーカーの上から、大きなダウンジャケットをはおっている。

「おれ、さっき食べたばっかりだから。一応、仕事中だし」

「そうか、もう食べたのか。ええと……」

江本はちょっと困ったような表情をうかべる。

「その、沢崎……」

「よう、沢崎、上海亭にラーメン食べに行こうぜ！」

江本の背後からあらわれたのは、やはり同級生の岡島航平だ。

岡島はいつになくおしゃれなロングコートをはおり、恰幅のいい体形をうまくごまかしている。

二人いっしょならともかく、別々で、ほぼ同時に陰陽屋にあらわれるのは珍しい。

「えーと、もしかして、委員長から聞いた？」

まあな、と、江本が答えた。

「聞いたっていうか、頼まれたんだよ。沢崎が落ち込んでるかもしれないから、様子を見てきてくれって」

さすが高坂である。

「でも意外と元気そうだな。沢崎のことだから、もっとしょぼくれてるかと思ったけど」

さらっとつっこんできたのは岡島だ。

「実はさっきまでかなり落ち込んでたんだ。でも、この階段にいると、商店街からいろんな美味しい匂いがただよってくるから、食べ物で頭がいっぱいになっちゃって。お昼どきに階段を掃くのは危険だった」

「そんなことだろうと思った」

右手を腰にあて、瞬太を小馬鹿にしたような目で見おろしたのは、同級生にして剣道部のエースでもある倉橋怜だ。

丈の短い白のボアジャケットに黒いデニムパンツというカジュアルな服装なのだが、もともとスタイルのいい美少女なので、やたらとかっこいい。

「倉橋も来てくれたのか」

「たまたま王子銀座のドラッグストアで委員長にばったり会ったのよ。春菜(はるな)じゃなくて残念だったわね」

倉橋はニヤッと笑う。

「えっ、いや、そんなことは」

瞬太の頬がぱっと赤くなった。

三井(みつい)春菜に会いたいのはやまやまだが、今、受験で大変なのはよくわかっている。

三井の第一志望は東京藝術大学なのだが、かなりの難関らしく、一月にはいった頃から少しずつやせていた。

無事に合格できるといいのだが、瞬太には祈ることしかできない。

「えっと、その、みんな、ありがとう。おれ、あと二日間がんばるよ」

瞬太はほうきを両手で握りしめたまま、ぺこりと頭をさげた。

三

午後一時すぎ。

その日最初のお客さんは、王子小学校の近くで、かるがもハウジングという不動産屋を夫と営んでいる大下寿美代（おおしたすみよ）だった。

寿美代はこの冬、猫を飼いたいという娘の希望を阻止すべく、何度も陰陽屋へ足をはこんだのだが、それがきっかけで、なかなか物件を決められないお客さんが来た時に、陰陽屋へ連れてくるようになった。

方位や間取りの鑑定を気にする人が、意外に多いのだという。

今日は三十歳前後のカップルを連れている。

「店長さん、方位を占ってもらえるかしら」

「お引っ越しですか？」

「ええ。こちらのお二人が来月、結婚することになって、王子で新居をさがしてるんだけど、条件にぴったりな物件が二つも見つかってしまって、この際、占いでみてもらおうっていうことになったの」

「それはおめでとうございます」

祥明の祝福に、色白でピンクブラウンの髪の女性は、はにかんだようにほほえんだ。左手にはダイヤモンドの指輪が輝いている。

「どちらも素敵なマンションで、しかもお家賃も一緒なので、決心がつかなくて……」

「参考までに陰陽師さんの意見をきかせてもらえますか？」

男性の方は、短いあごひげをたくわえ、やや長めの髪を明るく染めている。手にしみついたニオイからして、ヘアスタイリストのようだ。

察するところ、この二人がなかなか決断できないのにイラッとした寿美代が、占いで決めさせようとしているのだ。

早速祥明は二人の生年月日を聞いて、風水で方位を鑑定した。

「王子本町（おうじほんちょう）のマンションの間取りを見ると、キッチンが西にありますね。ご主人を家長と仮定して診断すると、西は天医（てんい）といわれる大吉の方位です。しかし、天医にキッチンがあると、せっかくの金運や幸運を燃やしてしまう上に、病気の心配もあると言われています」

「えっ、それはちょっと……」

不吉な診断に、色白の女性は眉をひそめた。

「もう一つの、堀船（ほりふね）のマンションはどうなんですか？」

「もうひとつのマンションは東にキッチンがあります。こちらの物件の方がご主人と相性がいいですね。凶方位にキッチンがあれば、邪気を燃やし、流すと考えられているからです。吉方位の西の部屋を、寝室あるいはリビングとして使われるとさらに良いでしょう」

色白の女性はほっとしたようにうなずく。

「じゃあ堀船のマンションがいいんじゃない？」

「僕は別にキッチンとの相性なんか気にしないけど」

「ご主人はキッチンにはほとんど立たないタイプですか？」

「うーん、どうかな」

　祥明の問いに、男性は言葉をにごした。

「いやもちろん僕だって、料理や皿洗いを半分ひきうけようとは思ってるよ。でも僕たちは共働きだし、ちゃんとした料理をつくる時間なんて、あんまりないんじゃないかな」

「ヒロキ君と相性のよくないマンションなんて、あたしが気になるわ。堀船の物件にしようよ、ね！」

「真美ちゃんがそこまで言ってくれるのなら、そうしようかな」

　真美に熱心に説得され、キッチンとの相性なんか、と、しぶっていた男性――ヒロキ君というらしい――も、とうとう折れた。

　若いカップルがようやく決めてくれて、寿美代はほくほく顔である。

「陰陽屋さんは本当に頼りになるわ。またよろしくね！」

「いつでもどうぞ」

祥明と瞬太は階段の上まで三人の見送りにでた。

以前、豆腐屋の嫁姑トラブルで引っ越し先を探した時のような厄介な相談は困るが、今日のように、幸せのお手伝いをする占いはいいなぁ、と、つい、顔がほころんでしまう。

「それにしても、どうして奥さんはキッチンとだんなさんの相性なんかにこだわったのかな？　本当に風水にこだわる人なら、玄関とかトイレとか、他にもあれこれうるさくきいてくるよね？」

「もちろん彼女に、キッチンに対するこだわりがあったからさ。風水とは別のね」

「東向きのキッチンってそんなに大事かな？　東だと、朝の陽射しが入って気持ちいいとは思うけど」

「それもあるだろうが、間取りだ。彼女が気に入った方のキッチンは、かなり大型の冷蔵庫を置くスペースがある。それに対して、もう一つの方は、おしゃれなアイランド型の対面キッチンだが、大型の冷蔵庫は無理だ。せいぜい普通サイズの冷蔵庫になるだろう」

「冷蔵庫ってそんなに重要なの？」

「共働きだと特にな。帰ってみどりさんにきいてみるといい」

「祥明って自分では料理なんかしないくせに、よくそんなことに気がついたな」

「昨日の新聞の家庭欄にかいてあった」

「なんだ、うけうりか」

「情報収集と言いたまえ」

にやりと笑って扇をひらくと、祥明はスタスタと階段をおりていってしまう。

「幸せのお手伝いも、それなりに工夫がいるんだなぁ」

三角の耳の裏をかきながら、瞬太も店内に戻った。

「なあ、祥明、やっぱり、おれのことも占ってくれよ。このさき、おれがどうしたらいいのか……」

物件選びのように明快な答えはでないかもしれないが、それでも何か、この八方塞がりの状況から抜け出すヒントがほしい。

「どうしてもというなら占ってもいいが、給料から天引きだぞ？」

「うん」

瞬太がこくりとうなずくと、祥明はやれやれ、と、肩をすくめた。

「占いの方法は何がいい？　タロットか、ルノルマンか、それとも」

「六壬式占がいい」

どうせなら祥明が一番得意な方法で占ってほしい。

「わかった。現在の占時は……」

テーブルの上に置いてある式盤を、からりとまわす。

「ほう、初伝に天乙貴人か。なるほどな」

祥明は眉を片方つりあげた。

「それって吉将だよね？」

瞬太はぱっと顔を輝かせる。

たしか青龍や天乙貴人は吉のはずだ。

占いの勉強はしたことがないが、かれこれ三年半、門前の小僧をしていたので、そのくらいのことはわかる。

「それで、おれは、どうしたらいいの？　高校は中退していいのかな？」

「あわてないでも、自然に道はひらけるだろう」

「自然に……？　そんなあいまいな結果じゃ、わからないよ」

「あせるな。あせっても何もいいことはないぞ」

「うん……」

瞬太は長い尻尾をしょんぼりとたらして、弱々しい笑みをうかべた。

四

沢崎家の小さな庭には、いい匂いのする花が多い。

今も、満開の白梅が、凍てつく夜空にむかって、さわやかな甘い香りをはなっている。

その根本で咲いているのは水仙だ。

その夜、沢崎家の晩ご飯は、冬の定番、さんまのつみれ鍋だった。

こたつに置いた鍋を、家族三人でかこむ。

「やっぱり冬は鍋に限るわね。お野菜いっぱいとれるし、なにより身体があたたまるし」

瞬太の暗い表情に気づいていないはずはないのだが、母のみどりはあえて明るくふるまっている。

「そうだね。今日の出汁はかつおと昆布かな？」

「お、わかってくれたか。出汁をとるところからやった甲斐があるよ」

父の吾郎も嬉しそうに答える。

「うん、美味しい。あ、そうだ、祥明が、共働きの夫婦は冷蔵庫が大きい方がいい、みたいなこと言ってたけど、そういうものなの？」

「特に冷凍庫は大きい方がいいわね。土日に作り置きして冷凍しておけると楽だし」

みどりが力強くうなずく。

吾郎は現在は専業主夫だが、勤めていた会社が倒産するまでは、看護師のみどりと共働きだったのである。

「冷蔵庫が小さくて、作り置きできなかったら、どうなるの？」

「毎日つくる時間があればいいけど、なければ外食かコンビニ弁当になっちゃうかしらね。最近はコンビニやスーパーのお総菜も充実してるし、栄養バランスをとれるように工夫できるのならそれでもいいと思うけど、問題はお財布よ。エンゲル係数って家計にじわじわくるのよね」

瞬太がきょとんとしていると、エンゲル係数というのは、家計のなかで食費がしめる割合のことだ、と、現在沢崎家の家計をやりくりしている吾郎が解説してくれた。

「そういうものなのか。祥明なんか、毎日外食とカップ麺だよ？」

「若い男性のひとり暮らしって、そうなりがちなのよね」

「料理を差し入れしたいっていう女性は、たくさんいそうだけどなぁ」

「陰陽屋にはちゃんとした台所がついてないっていうのもあるけど、そもそも祥明は料理をする気が全然ないんじゃないのかな？　まあおれも他人(ひと)のことは言えないけど」

タマネギに目鼻をやられて、飲食店への就職をあきらめた黒歴史が瞬太にはある。

「タマネギを使わなければ大丈夫じゃないか？」

吾郎の言葉にみどりもうなずく。

「このままずっと、料理ができないと、いろいろ困るわよ。いつか結婚した時、奥さんが風邪で寝こんだら、瞬太がつくってあげなきゃいけないんだから」

「えっ、急にそんな遠い未来のことを言われても」

「このまえ瑠海(るみ)ちゃんが風邪で寝こんだ時、伸一(しんいち)君がおかゆをつくろうとしたんだけど、芯のある焦げたリゾットになっちゃって、結局、お祖母ちゃんと紫里姉さんが交替で手伝いに行ったんですって」

「そ、そうだったんだ。大変だね」

紫里というのは気仙沼にいるみどりの姉で、瑠海はその娘だ。

瞬太にとって従姉にあたる瑠海と、その夫の伸一は、ともに高校三年生なのである。

瞬太にしてみれば、自分でおかゆをつくろうと努力しただけでも、伸一はえらいと思う。

しかし、世の中の基準はもっと厳しいようだ。気の毒に。

「伸一君は、高校の卒業式がすんだら、さっそく翌日から義兄さんの船に乗ることになってるみたいだけど、まかない飯つくれるのかしら」

「そうか、瑠海ちゃんは卒業式どうするのかな?」

「卒業式だけは出席するみたいよ。大ちゃんはお祖母ちゃんに頼むみたい」

「うちがもっと近ければ、預かってあげられるんだけどなぁ」

吾郎の言葉に、瞬太とみどりも大きくうなずいた。

赤ん坊のぷにぷにしたやわらかなほっぺたを思い出して、瞬太は久しぶりに大ちゃんロスになる。

「卒業式といえば、瞬太の卒業式に着物で行くかスーツで行くか迷ってるんだけど」

「あ、おれ、やっぱり卒業できないかもしれない」

焼き豆腐をすくいながら、瞬太はなるべくさりげなく言った。

箸を持つ二人の手がピタリと止まる。

「かもじゃないな。きっとできない。ごめん」

「ええと、瞬ちゃん、どういうことかしら？」

「実はおれ、今日の補習に遅刻しちゃったんだよね」

瞬太は今朝のてんまつをかいつまんで話した。

「そう、高坂君がみつけて、おこしてくれたの」

「歩道で立ったまま寝てたなんて、自分でもすごすぎてびっくりだよ、ははは」

瞬太は明るく笑ってみせた、つもりだった。

「残念だったな」

「ずっとがんばってたのに、おしかったわね」

どうしてそこで寝たりしたんだ、この間抜け、と、ビシッと叱ってくれればいいのに。

二人に優しくいたわられて、おもわず涙がこぼれそうになる。

「ごめん……」

瞬太は半ベソをかきながら、さんまのつみれを食べ続けた。


その夜、布団に入りながら、瞬太は大きなため息をついた。

さすがに今日は、なかなか眠れそうにない。

高坂は「きっと何とかなるから、あきらめるな」と励ましてくれたが、もはや高校卒業は絶望的だ。

瞬太を卒業させるために、毎回、三者面談で歴代の担任教師と戦ってくれた母さん。

DHAをとらせるために、毎日せっせと青魚料理をつくってくれた父さん。

二人には本当に、ごめんとしか言いようがない。

問題は四月からの身の振り方だが、もう一度三年生をやりなおして、新聞部の下級生たち、特に白井友希菜と同じクラスになるのは気まずい。

「嗅覚、聴覚をはじめとする妖狐の能力は、若いうちでないとのばせないわよ」という月村佳流穂の言葉が、今日はずっと瞬太の頭の中をぐるぐるとかけめぐっている。化けギツネの中でも、とびきり優秀な嗅覚をほこる佳流穂が言うのだから、間違いない。

やっぱり、高校は中退して、嗅覚の修業をはじめよう。

嗅覚を鍛えるのなら自分もアドバイスできる、と、化けギツネで、叔父の葛城も言ってくれた。

成長が止まってしまった自分は、どうせもう沢崎家にはいられなくなるし、葛城と一緒に暮らそうかな。

生みの母である葵呉羽も、一緒に暮らそうと言ってくれたけど、みどりの気持ちを考えると、なんだか気がひける。

それに、佳流穂並みのスーパー嗅覚の持ち主になったら、陰陽屋に年中持ち込まれる、迷子猫や迷子犬の捜索依頼に、きっと役に立つにちがいない。

自分は占いはできないが、化けギツネならではの嗅覚や聴覚でお客さんたちの役に立てたらいいなと思う。

そうしたら祥明も、時給をあげてくれるかな？

ああ、でも自分はもう王子にはいられないんだった。

堂々巡りだ。

だめだ、考えごとをしていたら、睡魔が……

結局、布団に入って三分もたたないうちに、瞬太は深い眠りにおちたのであった。

翌朝、いつものように寝ぼけまなこでふらふらしながら、瞬太が玄関のドアをあけると、なぜか吾郎が家の前で待ち構えていた。

「乗りなさい」

愛車の助手席に瞬太をのせると、自分は運転席に腰をおろす。

もちろん行き先は飛鳥高校だ。

「あの……父さん……」

小学生でもなければ病気でもないのに、車でおくってもらうのは気がひけるし、恥ずかしいのだが。

「いまさら補習にでても……」

「まあまあ、だめもとっていう言葉もあるだろう？　だめだと思っても最後まで全力をつくしてみると、なんとかなるかもしれないじゃないか」

吾郎はいつもの柔和な笑顔を、瞬太にむける。

どうやらまだ、あきらめていないらしい。

「どうせ車でおくるのなら、母さんを病院までおくってあげればいいのに」

「ああ、母さんは今日は、王子稲荷におまいりしてから出勤するからいいって、断られたんだよ」

王子稲荷におまいり。

間違いなく、自分の高校卒業を頼みにいったのだ。

お稲荷さまも、いつもいつもそんなお願いばかりされて、きっと迷惑していることだろう。

思わず、苦笑いがこぼれる。

「授業中も、瞬太が寝ないように、父さんが隣の席で見張っていようか？」

「文化祭でもないのに教室に入るのは絶対にやめて。伝説になっちゃうから」

「そうかな。まあ瞬太がそう言うのなら、あきらめるけど」

吾郎は本気で残念そうだ。

校門の手前で停車すると、吾郎は大きな手で、瞬太の頭をぐりぐりとなでた。

「あとはがんばれよ」

小さな子供じゃないんだから、と、瞬太は文句を言いたかったのだが、眼鏡の奥の瞳があまりにも優しくほほえんでいたので、気勢をそがれてしまう。

「ありがとう」

瞬太はすんだ朝の陽射しに目を細めながら、校舎にむかって歩きだした。

五

午前十一時。

祥明は今日もいつもの喫茶店で朝食をとり、陰陽屋の開店準備をした。

まだ瞬太があらわれないところをみると、どうやら今日はちゃんと補習を受けているらしい。

やれやれだ。

昨日はどうなることかと思ったが、まあ、なるようになるだろう。

「さてと……」

煙草を一本吸うと、祥明は携帯電話をとりだした。

高校卒業問題とは別に、もうひとつ、片をつけねばならない問題がある。

ずっと沢崎瞬太を狙っている琥珀の瞳の化けギツネ、鈴村恒晴(すずむらつねはる)。

おそらくこちらの方が厄介だが、放置もできない。

恒晴をおびきだすための下準備として、化けギツネの中の化けギツネ、月村颯子(さつこ)と連絡をとらねばならないのだが、これがまた難しいのだ。

なにせほとんど電話にでないし、住所不定なので手紙をだすこともできない。

ましてやメールなどとんでもない。

なにせ颯子は、何百歳、もしかしたら千歳をこえるかもしれない、大妖怪なのだ。

どうせ今日も電話にでないんだろうな、と、予想しながらも、通話ボタンを押す。

案の定、呼び出し音がむなしくひびく。

二十まで数えたら切ろう、と、思っていたのだが。

「なにか用？」

いきなりの声に驚く。

しかも、「もしもし」でも「月村です」でもなく、いきなり「なにか用?」ときたものだ。

まだわずかに残っていた眠気が、一瞬で吹き飛ぶ。

こちらも「お久しぶりです。お元気ですか?」などと、にこやかに前置きしている場合ではない。

「鈴村恒晴をおびきだしたいので、協力をお願いします」

祥明は腹をくくって、用件を切りだした。

「恒晴を? なぜ?」

颯子の言葉は短いが、底知れぬ迫力がある。

電話のむこうで、魔女のような瞳がらんらんと輝いているのが見えるようだ。

「彼には、葛城燐太郎(りんたろう)さんの死に関与した疑いがかかっています」

「根拠は?」

「それは……」

颯子に叱られているわけでも、ましてや追いつめられているわけでもないのに、緊張で口の中がかわき、手に汗がにじむ。

今すぐ通話を終了して逃げだしたいという思いにかられるが、ぐっと我慢する。颯子の協力をとりつけることが、今回の計画の第一歩なのだ。恒晴の疑惑について、また、おびきよせるための計画について、祥明が説明している間、颯子は無言だった。

それはそれで不気味だが、「聞いてますか？」ときける雰囲気でもない。

祥明が一通り説明し終えると、颯子はしばし沈黙した。

おそらくほんの五秒間ほどだったのだが、祥明にはおそろしく長く感じられる。

「そういえば恒晴は、もう長いことあたしの前に顔をだしていない。なるほど、後ろ暗いところがあって、あたしを避けていたということか」

低くざらざらした声。

「本来であればこの手でとっ捕まえて、厳しく問いただしてやりたいところだけど、ちょこまか逃げ回られても面倒か……。よかろう、今回はあなたたちの策にのりましょう」

祥明はほっとして、身体(からだ)じゅうの力が抜けるのを感じる。

「ありがとうございます」

「ところで」

颯子はさりげない風を装って、問いかけてきた。

「なぜ、沢崎瞬太のためにそこまでしてやるの？　恒晴の目的はあくまで瞬太ひとり。放っておいてもあなた自身に害が及ぶことはないはずだけど、雇用主としての責任感かしら？　それとも、研究者としての化けギツネに対する興味からなの？」

おそらくこの質問に対する答えに失敗したら、今回の交渉は決裂だ。

しかし、きれいごとが通じる相手でもない。

「どれも違います。自分のためです。もしも瞬太君が恒晴に連れていかれたら、陰陽屋は大事なマスコット狐を失うことになります。少数ですが、彼にも固定客がついているので困ります」

この際だ、と、祥明は本音をぶちまけた。

「さらに、店の掃除やお茶くみを、全部私が自分でやらないといけなくなります」

「そんなの……」

「その上、昔の先輩に、なぜ従業員の面倒をちゃんとみなかったのかと、厳しく責任を問われるんですよ」

「はあ？」

颯子が珍しく困惑している。

「人間はいろいろ大変なんです。そういうわけで、私はあくまで自分のために手をつくしています。いけませんか？」

あの間抜けな化けギツネのためだけに、ここまでやってられるか、と、祥明は力強く開き直った。

「人間には、自分の大切な人のためなら頑張れるというタイプと、自分のために頑張るというタイプがいます。私は後者です」

「奇妙なことを言う人間だこと。でも、中途半端な正義漢や偽善者よりはよほどいい」

颯子は愉快そうに、クックックッと笑う。

「ではあたしも、自分のために動くとするか」

「お願いします」

「この件が片付いたら、次はみんなでハワイへ行きましょうね」

明るく言うと、颯子は通話を終了した。

どうやら祥明は、颯子のお眼鏡にかなったようだ。

「つ、疲れた……」

祥明は左手で、長い前髪をかきあげる。

こんなに緊張した通話は、生まれてはじめてだ。

このままま夜までベッドにつっぷしていたいくらいの疲労感である。

しかし、「あたしも、自分のために動く」か。

そもそも瞬太の大伯母（おおおば）なのだから、瞬太のために動いてくれてもよさそうなものだが、やはり颯子ほどの大妖怪になると、人間とは感覚が違うのだろうか。

まあいい、とにかくこれで下準備が一つすんだ。

今日の仕事はこれからだ。

琥珀の瞳を追って

一

太陽が西にかたむきはじめた午後四時。

いつものように瞬太（しゅんた）が階段でせっせとほうきを動かしていると、王子（おうじ）駅の方から、すっかりおなじみになったシトラスウッディの香りがただよってきた。

きれいに整えた頭髪、カシミアのコートにピカピカの靴。

どことなく祥明（しょうめい）に似た端整な顔立ちの、長身の男性。

妖怪博士の異名をもつ、山科春記（やましなはるき）である。

「やあ、瞬太君、今日も掃除がんばってるね」

えらいえらい、と、頭をなでられそうになって、ついぴょんと一歩あとじさってしまう。

「こ、こんにちは、春記さん」

「今日は瞬太君と食べようと思って、ホテルメイドのスイーツを買ってきたんだ」

ホテル名入りの紙袋を瞬太は受けとった。

匂いからして、プリンやケーキ、ゼリーなどの洋菓子だろう。

どうやら餌付け作戦のようだ。

瞬太の甘いもの好きは、京都の山科家に居候していた時、スーパー家政婦さんのパンケーキやフレンチトーストにぞっこんだったことから、ばればれである。

「えっと、ありがとう。お茶いれるね」

瞬太は階段をかけおりると、黒いドアをあけた。

「祥明、春記さんだよ！」

休憩室にむかって声をかける。

数秒の間をおいて、几帳のかげから祥明があらわれた。

「やあ、ヨシアキ君、今日も白い狩衣がよく似合っているね」

早速、春記はいつもの調子で祥明にからむ。

「それはどうも」

「ハグしていいかい？」

「嫌です」

最近、だいぶ慣れてきた祥明がさらっと流すので、春記はものたりない様子だ。

「あいかわらず照れ屋さんだなぁ」

「葛城さんがあきれてますよ」

祥明の扇が指し示した先に立っていたのは、葛城小志郎だった。

黒いスーツにサングラスといういでたちなので、すっかり薄暗い店内にとけこんでいたのだ。

「これは失礼」

春記は悪びれることなく、笑顔で会釈する。

「ああ、いえ、お二人が恋人同士だと知らなかったので、驚いただけです。恋愛の自由に口をだすほど野暮ではありません。ただ、瞬太さんはまだ子供ですから、あまり濃厚な行為は……ご遠慮いただけると……」

自分で言っておきながら恥ずかしくなったらしく、葛城の声がだんだん小さくなっていく。

見かけによらず、かなりの奥手らしい。

「おれ、もう十八だし、子供じゃないよ」

休憩室のロッカーにほうきをしまってきた瞬太は、急いで訂正した。

「瞬太さん、私たちの感覚では、十八年なんてあっという間、十八歳はいたいけな幼子です」

「他の十八歳はともかく、キツネ君は立派な子供だろう」

「瞬太君は大人ぶりたいお年頃なんだよね」

「ひどいよ、みんな……！」

　瞬太は唇をとがらせて文句を言おうとしたが、ほらごらん、と、言わんばかりに、春記と葛城にクスクス笑われ、祥明にあきれられる。

　しまった、こういうところが子供っぽいのかも!?

　瞬太は、とりあえず唇を横にひっぱって、しかつめらしい顔をつくった。

「まずはお茶にしようか」

　春記はコートを脱ぐと、椅子に腰をおろして、長い脚を優雅に組む。

　祥明は葛城に椅子をすすめると、自分も腰をおろした。

　春記の手土産のスイーツが、テーブルの上にところ狭しとならぶ。

　紅茶も春記が買ってきてくれたフォートナム・アンド・メイソンだが、陰陽屋（おんみょうや）には

ティーカップがないので湯呑みである。

実は春記は、ティーセットも自分好みのものを持ちこもうとしたのだが、狭い休憩室には置く場所がないので、祥明が断ったのだ。

「瞬太君、このまえより紅茶のいれ方が上手になっているね」

「本当に!? ありがとう。プリンのばあちゃんに教えてもらったんだ」

瞬太のふさふさの尻尾が、嬉しそうにぴょこぴょこはねる。

「さて、本題に入ります」

祥明が言うと、瞬太はケーキを頬張る顔をあげた。

葛城はすっと背筋をのばし、春記は泰然と頬づえをついている。

「連絡がとれなくなった鈴村恒晴(すずむらつねはる)を捜してほしい、という春記さんの依頼がきっかけで、彼が年末から行方をくらませていることがわかりました」

疑惑の化けギツネ、鈴村恒晴。

恒晴は、大学院生として、春記の妖怪学のゼミにもぐりこんでいた。

夏休み中、瞬太は京都にいたので、二度ほど恒晴に会ったことがある。最初は伏見(ふしみ)稲荷大社(いなりたいしゃ)の山の中で、二度目は春記の講演会の会場で。

昨年の秋、春記が陰陽屋へ来た時には、恒晴も荷物持ちとしてついてきた。

瞬太の実の父、葛城燐太郎の親友だった高輪恒晴と、この鈴村恒晴が同一人物であることが判明したのは、春記たちが京都に帰った後だった。

佳流穂の母の月村颯子が、たまたま同じ日に陰陽屋に来店し、確認してくれたのだ。

高輪恒晴は、燐太郎が急死した後、身ごもっていた葵呉羽と結婚した男である。

だが、生まれてきた子供の妖力が恒晴の真の狙いだったことに気づき、呉羽は恒晴のもとを逃げ出して、人間に子供を育ててもらうことにした。

それが瞬太である。

しかも恒晴は、燐太郎が亡くなった日に、同じ温泉街に来ていたことがわかった。

偶然、写真にうつりこんでいたのを、葛城が見つけたのだ。

燐太郎の死に、恒晴が関係しているのかもしれない。

にわかに疑惑が浮上した。

恒晴が瞬太に接触してきたのは、大晦日の狐の行列だ。

混雑する王子稲荷神社の境内で声をかけられ、気づいたら、袖の中にメールアドレスを書いた小さな紙をいれられていた。

しばらく迷ったのち、瞬太は恒晴にメールをだし、飛鳥山公園で会うことにする。

瞬太が女の子と待ち合わせていると勘違いした江本と岡島がついてきたのだが、二人は恒晴の妖力で気絶させられてしまう。

恒晴は瞬太をさらっていくつもりだったのかもしれないが、瞬太をこっそり見守っていた佳流穂に邪魔をされ、姿を消したのだった。

一方、京都では、恒晴と連絡がとれなくなり、春記が困惑していた。住居も昨年のうちにひきはらっていたのだ。

そんな時、恒晴が瞬太に接触してきたと祥明から聞いて、どうやら東京にいるらしいということを春記は知ったのである。

二

「今さら鈴村君が大学に戻って来ることは期待してないけど、こちらで勝手に除籍するのも気がひけるし、一応、本人の意向を確認したいと思ってね。あえて除籍の手続きをしなくても、四月に学費を納入しなければ、自動的に研究生としての身分は失われるわけだが」

春記は両ひじをテーブルにつき、長い指を組んで、その上にあごをのせた。

「今にして思えば、彼がうちのゼミに参加していたのは、日本中の妖怪学者とつながりがある僕のそばにいれば、瞬太君の情報を得やすいと計算してのことだったんだろうね」

「学生としての恒晴はどうだったんですか？」

祥明の問いに、春記は肩をすくめた。

「かなり優秀だったよ。いろんな妖怪について、独自の視点から面白いレポートを書いてきたし」

「妖狐についてもですか？」

葛城が驚きまじりに尋ねる。

「いや、妖狐には関心がないようだったね。わざわざ自分のことを調べる必要がなかったんだろうけど」

「そうですか」

「というわけで、僕としては、彼に戻って来てもらってかまわないと思っているよ。瞬太君とのいきさつは別としてね」

「鈴村恒晴が、人の心を魅了する妖力を母親から受けついでいるとしてもですか？」

祥明の問いに、春記は目をひらめかせた。

「実に興味深い。僕に使ってても何のメリットもないと思うけど、研究者としては一度くらい体験してみるのも悪くないね。いや、むしろ、体験してみたいかな」

「気持ちはわからないでもありませんが、いつのまにか山科家がのっとられていても知りませんよ」

「それもまた一興さ」

春記は楽しそうに笑う。

「いざとなったら瞬太君が助けにきてくれるんだろう？」

「う、うん、おれに助けられれば……」

瞬太は自信なげにうなずく。

「おれも恒晴には聞きたいことがあるんだ。葛城さんも一緒だと思うけど」

「はい。私の兄で、瞬太さんの父親でもある葛城燐太郎の死についてです。兄は地方の温泉街へでかけた時、酔っ払って、足をすべらせ、川に落ちて溺死した、というのが警察の見立てです。しかし、それほどへべれけに酔っ払っていたのなら、尻尾をだしていたはず。ですが、兄の遺体は尻尾をだしていませんでした」

「尻尾を……」

葛城はいたってまじめなのだが、春記は微妙な表情になる。

「しかも、兄が亡くなった夜、恒晴さんが近くにいたことがわかったのです。写真を見つけた時には、心臓が止まりそうになりました」

「まず偶然ということはないだろうね」

春記と祥明は、珍しく、この件に関しては意見が一致している。

「恒晴が燐太郎さんを川に突き落とした、とか、一服もって足もとをおぼつかなくした、とすれば、尻尾がでていなかった理由も説明がつきます」

祥明の推測に、瞬太はぎょっとした。

「一服もるって、毒ってこと？」

「毒ならわざわざ川に突き落とす必要はない。おそらく睡眠薬や乗り物酔いの薬あたりだろう。ほろ酔いでも、けっこうふらふらするはずだ」

「そうか……」

祥明に、淡々（たんたん）と、おそろしい可能性を指摘され、瞬太は背筋が凍りつくのを感じる。

「とはいえ、大阪あたりでは酒でご機嫌になって、みずから道頓堀川に飛びこむ人もときどきいるからね。やはりここは鈴村君本人にきいてみないと」

「恒晴さんは、兄の親友でした。もし本当に兄の死に関わっているとしたら、二人の間にいったい何があったのか……」

葛城は、膝の上に置いた自分の手を、きつく握りしめた。

「呉羽さんも、二人は親友だったって言ってたよ。恒晴が燐太郎さんに何かする心当たりは全然ない、って」

しかし、何もないのに、殺すはずがない。

燐太郎は恒晴に、憎まれたり、恨まれたりしていたのだろうか……。

「あと……おれが気になってるのは、恒晴が呉羽さんと結婚した理由、かな……。呉羽さんは、おれが目的だったって言ってたけど」

瞬太は、なんとなく、呉羽と燐太郎のことは、母さん、父さんとはよびづらく、ついついさんづけしてしまう。

「兄の燐太郎は、強い妖力を持つキツネでした。さらに呉羽さまは、最強の妖狐である颯子さまの姪。その二人の子供である瞬太さんにも、強力な妖力が宿っているはずだと、恒晴さんならずとも、妖狐ならみな考えます」

「小さな狐火しかだせないおれに？」

「人間に育てられたのだから仕方がありません。今からでも修業すれば、いろんな能力を覚醒させることはできますよ」

「うん……」

「話をまとめると、春記さん、葛城さん、キツネ君、全員の総意として、鈴村恒晴に直接問いただしたいことがある、ということでいいですね」

「もしも問いただした結果、瞬太君のお父さんに一服もりました、なんて鈴村君が自白したらどうするの？　人間だと警察だけど、妖狐の場合は、祓うとか封印するとかそっちの方向にいくのかな？　ヨシアキ君は陰陽道の修行をしたんだよね」

　興味津々といった目で、春記が尋ねた。

「えっ、封印!?」

　瞬太はぎょっとして身体をひく。

「できるわけないだろう。漫画やアニメじゃあるまいし。春記さんもキツネ君で遊ぶのはやめてください。すぐ真に受けるんですから」

祥明にあきれ顔で言われ、瞬太は、恥ずかしそうに、ぶわっとふくらんだ尻尾を背中の後ろにかくした。

「ああ、ごめんごめん、瞬太君を驚かせるつもりじゃなかったんだ。ただ、鈴村君と会って、どうするつもりなのか、一応、確認をしておこうと思って」

「どうって言われても……まずは話を聞いてみてからだよね？」

瞬太は困り顔で、葛城に尋ねる。

「答えによっては、颯子さまの判断を仰ぐことになります」

「キャスリーンが……恒晴を……」

殺すの？とはさすがにきけず、瞬太は口ごもった。

「場合によってはどこかに幽閉、あるいは一族から永久追放か」

「永久追放……」

化けギツネの寿命はとても長い。

長いあいだ、ずっと、ひとりぼっちですごすことになるのだろうか。

もちろん、悪いことをしたのは恒晴なのだが。

三角の耳が、ぺたりと真後ろに伏せる。

「まだ何も決まったわけではありません。落ち着いて恒晴さんの話を聞きましょう」

葛城の穏やかな声に、瞬太はこくりとうなずいた。

三

「さて、鈴村恒晴本人ですが、大晦日の王子稲荷神社と、一月の飛鳥山公園にあらわれたあと、なりをひそめています。が、十八年間にわたってキツネ君を狙ってきた彼が、一度や二度失敗したくらいであきらめたとは思えません。おそらく都内に潜伏し、次のチャンスを狙っているはずです」

祥明は淡々と話をすすめる。

「今、恒晴がキツネ君に近よれないでいるのは、月村佳流穂さんが嗅覚センサーをはりめぐらせて、守っているためです。そこで、彼をおびきだすために、あえて佳流穂さん、そして颯子さんには東京をはなれてもらうことにしました。佳流穂さんと、颯子さんと、私の両親の四人でこの週末、箱根(はこね)に行ってもらいます」

「どうして祥明のお父さんとお母さんも一緒なの？」

「優貴子さんは最近、SNSにはまっていて、毎日三回は写真を投稿しているんだ。今日はどこへ行った、とか、これを食べた、とかね」

瞬太の疑問に答えてくれたのは、祥明ではなく、春記だった。春記と優貴子はいとこの間柄なので、アカウントをともだち登録しているのだという。

「つまり箱根へ行ったら、祥明のお母さんが確実に投稿してくれるってこと？」

「その通り。母はSNS要員で、父は荷物持ち兼カメラマンだ」

「ヨシアキ君、優貴子さんに旅へでるよう頼んだのかい？」

春記は、好奇心と、ちょっとした意地悪を目にたたえている。

「運良く月村颯子さんと連絡がとれたので、事情を説明して、佳流穂さんとともに東京をはなれてほしいと頼みました。ただ二人ともSNSは一切やっていないので、結局は母のアカウントだよりというのが不本意ですが……」

祥明は苦々しい表情で答える。

祥明にとって母の優貴子は鬼門といっていい。

なにせ優貴子は、息子を溺愛するあまり、パソコンにパインジュースをぶちまけたり、飼い犬を捨てたり、とんでもない暴挙をしでかす人なのだ。

「もちろん父もＳＮＳにはノータッチです。コンプライアンスがどうのこうのと、大学から教員に対してもうるさく注意喚起があるので、そんな面倒なものには手をださない、と、以前言っていました。最初から父はあてにしていませんが、母がまた何かしでかさないように見張っておいてほしい旨は伝えておきます」

「優貴子さんの行動は予測不能だからねぇ」

「ええ……」

春記の言葉に、祥明は深々とため息をつく。

「よく颯子さまと連絡がとれましたね。何か言っておられましたか？」

葛城が尋ねた。

颯子は定住せず、自由気ままに暮らしている上に、携帯電話も気がむいた時にしかでないので、なかなか連絡がとれないのだ。

もちろんメールアドレスもない。

もっとも葛城自身も、携帯電話の電池ぎれなどでしばしば連絡がつかなくなるので、颯子のことを言えた義理ではないのだが。

「颯子さんは……」

祥明はおもむろに、顔の前で扇を開いた。

「そういえば恒晴は、もう長いことあたしの前に顔をだしていない。なるほど、後ろ暗いところがあって、あたしを避けていたということか……と、なかなか凄味のある声で言っておられました」

今日のやりとりを思い出すだけで、冷や汗が出そうだ。

「颯子さまが……」

葛城の声にも、緊張がにじむ。

「それから、次はみんなでハワイへ行きましょう、だそうです」

「ハワイ?」

葛城は首をかしげる。

「キャスリーンっていう名前で、ハワイでガイドをしていたくらい、大好きなんだよね」

瞬太が修学旅行でハワイに行った時の現地ガイドが、月村颯子だったのである。なかなかワイルドな運転で、みんなドキドキしたものだ。

「でも恒晴は、祥明のお母さんの投稿までチェックしてるかな?」

「颯子さんの動向を知ることができる唯一の情報源だから、確認している可能性は高いだろう。だが恒晴が王子にあらわれるよう、もう一押ししておきたい。というわけで、春記さんの方はどうなりましたか？」

「明日の妖怪研究チャンネル生配信にヨシアキ君をよぶ件だね、承認されたよ」

「妖怪研究チャンネル？」

瞬太は耳慣れぬ言葉をききかえした。

「日本妖怪学会の広報のために、だいたい月に一回のペースで、ネットの生配信をおこなってるんだ。いつもは僕が谷中の妖怪カフェで、ゲストと妖怪について対談するんだけど、明日は緊急企画で、陰陽師の安倍祥明氏をゲストに迎えて、安倍晴明と狐について語り合うことになった。このことは日本妖怪学会の公式アカウントと、僕のアカウントでも告知するから、確実に鈴村君に届くはずだ」

妖怪カフェっていったいどういう店だろう。

店員が化け猫や河童の格好をしているのだろうか。

瞬太は、自分も化けギツネとして気になるのだが、今はそれよりも恒晴だ。

「その配信がどうして恒晴への一押しになるの？　狐についての対談だから？」

「なお対談が配信される明日の午後、陰陽屋は店主不在につきお祓いや相談ごとは受けられないが、店員による護符の販売は通常通りである旨を、さりげなく追記しておくことになっている」

「店員っておれのこと？」

「鈴村君はそう思って、陰陽屋へあらわれるだろうね。ここは地下だし、人目を避けて瞬太君に接近するには絶好の場所だ。今度こそ瞬太君を連れ去ろうとするかもしれない」

人目がある場所では、そうそう手荒なまねもできないが、陰陽屋なら、と、恒晴は考えるだろう――というのが春記の推測だ。

「ところがどっこい、あいつがのこのこ陰陽屋へあらわれたところを、待ち構えていたおれが捕まえるってことだな！」

鼻息も荒く瞬太は意気込んだ。

「うーん、それができたらいいんだけどね」

春記はやんわりと苦笑いで答える。

「飛鳥山で逃げられた実績があるくせに、なぜ今回は捕まえられると思うんだ」

春記と違って、祥明は容赦がない。

「うっ。あ、あの時は佳流穂さんが来たから……」

「キツネ君には荷が重そうだから、店番は葛城さんにお願いできますか？　配信は午後一時から二時半なので、クラブドルチェの営業時間とはかぶりません」

「わかりました」

葛城は背筋をピンとのばして、承諾した。

「じゃあおれは、葛城さんと二人で店番するってこと？」

「キツネ君は来なくていい。明日は午前中の補習が終わったら、まっすぐ家に帰れ」

「おれだって、恒晴にはいろいろききたいことがあるんだよ」

祥明の言いつけに、瞬太は反撃を試みる。

「そのことは葛城さんから恒晴にきいてもらう」

「葛城さんがひとりで店番するの？　春記さんと祥明は、妖怪カフェに行っちゃうんだよね？」

「恒晴さんは人間の心を惑わせる妖力があるので、むしろお二人には離れておいていただいた方が安心です」

瞬太は飛鳥山公園で、江本と岡島が倒れこんだ姿を思いだした。

たしかに恒晴の力は、かなり強い。

葛城ひとりで大丈夫だろうか。

「やっぱりおれも一緒に、店番していた方が……」

「大丈夫ですよ、瞬太さん。まかせてください。私なら恒晴さんに幻惑されることもありませんし、落ち着いて話せます」

「でも」

「キツネ君は武術の心得があるわけでもないし、いたらかえって足手まといだろう」

なおも瞬太はくいさがろうとしたが、祥明にビシッと釘をさされた。

「そんな……」

そんなことないよね、と、葛城にきこうとして、やめた。

たしかに自分のキツネパンチやキツネキックが役に立ったことは、一度もない。

「それよりもまず、補習に遅刻しないことに全力をそそいだ方がいいと思うが」

「うっ」

痛いところをつかれて瞬太はうめいた。

そんなことは言われないでもわかっているが、恒晴のことも気になる。

陰陽屋へ、瞬太に会いにあらわれるだろうか。

燐太郎の死について、何か話すだろうか……。

四

西空がとき色にそまり、ビルの影が細長くのびる午後五時半すぎ。

春記と葛城が王子駅へむかっていくのを階段の上で見送って、瞬太はため息をついた。

こんなことなら、槙原(まきはら)に柔道を教えてもらえばよかった。

自分はあまりにも無力だ。

「さてと、今日はここで早じまいだ。父に会いに行く必要がある」

箱根旅行のことで、父の安倍憲顕(あべのりあき)に念を押しにいくのだろう。

「おれも一緒に行っていい?」

「かまわないが、国立(くにたち)の家ではなく、父の職場に行くから、祖父には会えないぞ?」

瞬太は祥明の祖父の柊一郎（しゅういちろう）が大好きなので、会えないのは寂しいが、優貴子に遭遇したくない気持ちは祥明と同じなので、異存はない。

「いいよ。お父さんの職場って大学？」

「ああ。今日はずっと研究室にいるそうだ」

「研究室？　ついて行ったら実験とかされちゃう……？」

瞬太は思わず、三角の耳を後ろに倒す。

「それはない。春記さんと違って、父は宗教学の学者だ。妖怪にも興味はあるようだが、単なる好奇心で、研究レベルじゃない」

「じゃあ行ってみたい」

委員長や岡島たちが四月から通うことになっている、大学という場所への興味もあったし、留年がほぼ決まってしまって、ちょっぴりだが家に帰りづらいのもある。

瞬太は早速、通りにだしているお品書きを片付けて、出かける支度をはじめた。

祥明の父が勤めているのは、教会が併設されている、キリスト教系の私立大学だった。

日没後の暗く寒い構内に、人影はまばらだ。

てらてらした黒スーツに青いワイシャツ、紫のネクタイの長髪美青年と、制服を着た高校生という謎の二人連れとすれ違う学生は、不思議そうな顔でじろじろ見ていく。

研究室のドアをあけると、なかは本だらけだった。

安倍家の書庫には負けるが、それでもなかなかのコレクションだ。

宗教学の専門書はもちろん、世界じゅうの歴史や文化、哲学に関する、さまざまな書物が並んでいる。

「よく来たね、ヨシアキ。おお、瞬太君も一緒なのか。二人とも元気だったかい？」

憲顕は驚きつつも、歓迎してくれた。

祥明の父親だけあって、長身の知的なハンサムだ。

年齢は五十七歳で、地味だが品のいいスーツを着ている。

きれいな手の形がそっくりだ。

「すきなところにかけていいよ」

二人に椅子をすすめると、いそいそとコーヒーをいれてくれた。

「お腹がすいてるんじゃないかな？　本当は美味しいお店で二人にごちそうしてあげ

たいところなんだけど、あいにく今日がレポートの〆切日でね。まだこれからかけこみで提出に来る学生がいるんだよ」

「そんなの提出箱をドアの前に設置すればすむことでしょう?」

「いやいや、中には卒業単位がかかっている学生もいるからね。確実に受け取らないと」

卒業という言葉を聞いて、瞬太はビクッとする。

たしかにそこは、確実に受け取ってあげてほしいものだ。

祥明の父親といえば、安倍家の蔵書に目がくらんで、あの優貴子と結婚した変な人、という印象しかなかったが、そう悪い人でもないのかもしれない。

「ところでお父さんは明日から箱根旅行ですよね?」

「ああ、月村さんに急に誘われてね。月村さんの娘さんも一緒だそうだよ」

祥明の両親は、金沢旅行で颯子と親しくなり、しばしば一緒にでかける旅友だちなのである。

ちなみに颯子の正体には、まだ気がついていないようだ。

「私は温泉にはさほど興味がないのだが」

「ぜひ一緒に行ってください」

「どうしてだね？」

「明日、春記さんの妖怪研究チャンネルという生配信番組に出演することになったのですが、そのことをかぎつけたら、きっとお母さんが収録現場である谷中の妖怪カフェにかけつけて来るにちがいありません」

「ああ、それはやりそうだね。わかった、生配信が台無しにならないよう、私が優貴子を見張っておくよ」

「せっかくだし、箱根の写真をたくさんＳＮＳに投稿するよう、お母さんに言ってもらっていいですか？　もちろん颯子さんや娘さんも一緒の、楽しそうな写真をお願いします」

「んん？　ヨシアキが優貴子の旅行写真を楽しみにしているようだ、と、伝えればいいのかな？」

「えっ」

　祥明は一瞬フリーズした。

「まあ、それでもかまいませんが……」

「とにかく優貴子たちが箱根にいるということを確認したいんだね？」

「まあそんなところです」

話が早くて助かる。

「ところで瞬太君は」

憲顕がいつものように目をキラキラさせて瞬太に話しかけた時、研究室のドアがひかえめにノックされた。

「安倍先生、今、大丈夫ですか？」

レポートを手にした女子学生が、ドアのすきまから顔をのぞかせる。

「すみません、来客中でしたか」

「いえ、こちらの用件はもうすみましたので」

祥明はコーヒーカップを手に、立ち上がった。

「あれ、その長い髪……もしかして、あなたは陰陽屋の？」

「はい。ひょっとして、うちの店にいらっしゃったことがおありですか？」

祥明は急いで顔に営業スマイルをはりつける。

「えっと……」

女子学生の視線は、せわしなく、憲顗と祥明の間をいったりきたりする。

「ああ、夏休みに、お姉さんと二人で占いに来てくださったお嬢さんですね」

「は、はい。吉川怜奈です。あの時はありがとうございました。姉は、陰陽師さんの占いに背中を押してもらって、声優の養成学校に通いはじめました。毎日はりきってます」

「そうですか。それは何より」

ちなみに怜奈自身は、片想い中の大学教授、つまり憲顗との恋愛占いだったのだが、そちらはもうとっくに決着している。

祥明が止めたにもかかわらず、憲顗に突撃した怜奈だったが、あっさりふられてしまったのだ。

「反対していた両親も、姉が清水の舞台から飛び降りたって聞いて、もう好きにしなさいってあきらめてます」

「清水の舞台から本当に飛び降りたのか？　よく助かったね。あそこは亡くなった人がたくさんいるんだよ」

憲顗が驚いてききかえした。

「たまたま居合わせた、すごく身軽な高校生の男の子が助けてくれた、って言ってました」

「ああ、あの時のお姉さんか」

瞬太の言葉に、怜奈はびっくりする。

「えっ、君なの!?」

「うん。そういえば、おれとお姉さん、おみくじをひいたら二人とも凶だったんだよ。どうなったんだろうなって心配してたんだけど、そうか、声優の学校ではりきってるんだ。よかった」

瞬太自身は、見事に凶が的中しているが……。

「瞬太君、凶がでたら、これ以上悪いことはおこらないから、むしろ大吉より安心だっていう人もいるんだよ」

優しい笑顔でアドバイスしてくれたのは、憲顕だ。

「そうなの?」

「そもそも清水寺（きよみずでら）と浅草寺（せんそうじ）でおみくじをひく時は、凶上等くらいの気合いで挑むものだ」

こちらは祥明である。

「なるほどなぁ。そういえば、あの時も、ここに祥明がいればいいのにって思ったんだよね。おじさんも祥明も、頭が良くてうらやましいよ」

「そういうことは人並みに勉強してから言え」

「うぐっ」

しまった、ヤブヘビだ。

「おみくじに興味があるなら、くわしく教えてあげるから、いつでもまた遊びにおいで」

息子と違って、憲顕は優しい人だった。

五

王子駅に着くと、二人は上海亭(シャンハイてい)に直行した。

他にも美味しい店はあるが、やはり寒い夜はラーメンに限る。

カウンター席に二人並んで腰かけると、瞬太は味噌バターラーメンを、祥明は五目ラーメンと餃子を頼む。

「吾郎さんが晩ご飯を用意してるんじゃないのか?」

「うん、そう思ったから、餃子はやめておいた」

ラーメンだけなら、なかったことにして、しれっと晩ご飯をたいらげる自信があるのだ。

二人がラーメンを待っていると、入り口の引き戸があき、かるがもハウジングの寿美代が入ってきた。

「あら、陰陽屋さん。昨日はありがとうございました」

「こちらこそ」

当然のように二人の隣に腰をおろすと、レディースセットとビールをたのむ。

陰陽屋の二人はもちろん頼んだことのない未知のセットだが、フカヒレラーメンに杏仁豆腐がついているようだ。

「昨日のカップルはどうなりましたか?」

「陰陽屋さんの風水鑑定が決め手で、東にキッチンのある堀船の物件に決まったわ。今度うちと正式に提携契約しない?」

「そう言っていただけるのは光栄ですが、女性の方はもしかして、最初から堀船のマンションに決めたがっていたのではありませんか？」

「あら、やっぱり気づいてたのね。さすがだわ」

「キッチンの相性だけでマンションを決めてしまう人は珍しいですからね」

祥明は別に、女性に有利な鑑定をしようと決めているわけではない。

しかし、あきらかに彼女が堀船に決めたがっているようだったので、その他の間取りの鑑定結果を告げるのはやめたのだ。

「あの二つのマンションは、実はね」

堀船のマンションは、大きな冷蔵庫が置けるだけでなく、近くに夜遅くまで営業しているスーパーがあるのが彼女の気にいっていたのだという。

もう一つの物件の方は、ドラマにでてくるマンションのような、おしゃれなペンダントライトや壁紙を使った内装で、男性の方はそちらにひかれていたのだという。

「内装がおしゃれな物件って、最初は素敵だって思っても、すぐに見慣れちゃうのよね。デザイナーさんには悪いけど」

「なんだかんだ言って、女性の方が現実的ですからね」

「今度また引っ越しの日取りを占ってもらいたいそうよ」

「いつでも大歓迎です」

ちょうどそこに、江美子が餃子とビールをはこんできた。

「餃子が祥明さんで、ビールは寿美代さんね。ラーメンは今つくってるから、もうちょっと待ってて」

江美子は手際よく皿やコップを並べながら言う。

「ところでお引っ越しの話って誰？　瞬太君？」

「うちのお客さんだけど、瞬太君も引っ越しの予定があるの？」

寿美代の目がキラリと光る。

「あー、高校を卒業したら家をでようかなって考えたりもしてたんだけど、卒業がだめになっちゃって……」

「えっ、そうなの!?」

「あらま！」

江美子と寿美代が同時に驚きの声をあげた。

「大丈夫よ、人生長いんだから一年や二年まわり道したってどうってことないわ。うちのだめ息子なんかもうずっとまわり道してるんだから」

　上海亭の息子は、あいかわらず、実家の手伝いをしつつ、同人活動に精をだしているのだ。

「そうよ、来年でも、さ来年でも、あたしが腕によりをかけて最高の物件を探しだしてあげるから、どういうお部屋に住みたいか、今から考えておいてね」

「ありがとう。でも、引っ越すとしたら王子じゃなくて、遠くだから」

「遠くの大学へ行きたいの？　それとも就職かしら？　男の子ってすぐに北海道や沖縄に行きたがるわよね。でもそれじゃ、陰陽屋さんはやめることになるの？　瞬太君がいてこその陰陽屋なのに残念ね」

「ええと……」

　正直、そこまで具体的には考えたことがなかったので、瞬太は答えに窮した。

「そうよ、祥明さんひとりじゃ、お店をひらけないんだから。夏に瞬太君がインフルエンザで寝込んだ時、陰陽屋も長いことお休みだったじゃない？　どうするの、祥明さん」

「まあ、なんとかなりますよ」

祥明はのんびりしたものである。

また槙原でもよべばいいと思っているのだろう。

「陰陽屋さんがお休みになったら困るわ」

ビールのコップを持つ寿美代の手に、瞬太は目をとめた。

「寿美代さん、服の袖に猫毛がついてるよ？」

「あらっ、ガムテープでとってきたつもりだったんだけど、まだミケちゃんの毛が残ってたわ」

「三毛猫ですか？」

「うふふ、そうなの。うちの店で飼いはじめたんだけど、まだ小さいから、夜は家に連れて帰って一緒に寝てるのよ」

「おや？　息子さんは猫アレルギーじゃありませんでしたっけ？」

「そうなのよ。だから今、息子の引っ越し先を探してやってるの」

「なるほど」

寿美代は、娘が猫を飼うことに大反対していたのに、急転直下の展開である。

「猫ってあたたかくてやわらかくて、一緒に布団に入っていると、びっくりするくらいよく眠れるわね。そして毎朝、目がさめた時に、猫が布団の上で丸くなってるのを見るたびに、ああ、今日もいい日になりそうって思えるの。それもこれも陰陽屋さんのおかげよ！　ありがとう」

祥明は一瞬、面くらったように目をしばたたいた。

二秒かけて、極上の笑顔をつくる。

「それは何よりです」

かるがもハウジングで猫を飼うことをすすめたのは祥明だが、まさかここまで寿美代が猫のとりこになるとは思っていなかったようだ。

その夜はラーメンを食べている間じゅう、寿美代の猫自慢を聞かされたのであった。

六

上海亭をでて、寿美代と別れた時には、もう八時半になっていた。

瞬太の視力をもってしても、東京の明るい夜空で見える星は、かなりまばらだ。

商店街の人通りも、だいぶ少なくなっている。

「……あれ？」

夜闇の中に独特の気配を感じとり、瞬太の鼻がピクリとする。

「どうした？」

「この感じは……」

瞬太があたりをぐるりと見回すと、自動販売機のかげから、小柄な人影がひょこっと頭をだした。

「こんばんは」

まだ二十代にしか見えない女性が、かわいい声で言った。

瞬太の生みの母親である、化けギツネの葵呉羽だ。

大きなサイズのコートをはおっているせいか、いつも以上に子供っぽく、きゃしゃな印象を受ける。

「呉羽さん？　どうしたの？」

瞬太は驚いてかけよった。

「ごめんなさい。待ち伏せなんかして。陰陽屋さんが、もう、しまっていたから……」

二人が上海亭にいることは、話し声でわかったのだろう。

「小志郎さんから電話できいたの。明日、恒晴さんが陰陽屋にあらわれるかもしれないって」

小志郎というのは、葛城のファーストネームである。

「小志郎さんはお仕事の時間だったから、あまり詳しくは教えてくれなかったけど、なんとなく心配になっちゃって……」

ずっと屋外で瞬太たちを待っていたのだろう。

吐く息が白い。

「陰陽屋へ行きましょうか？　お茶くらいだしますよ」

どうも立ち話むきの話ではないと察して、祥明が提案した。

でかけている間にすっかり冷えてしまった陰陽屋は、エアコンを全開にしても、すぐにはあたたまらない。

「コートを着たままでどうぞ」

祥明は呉羽に椅子をすすめると、蠟燭にライターで火をともした。

あたたかな小さな炎が、青白い呉羽の頬をてらす。

瞬太は「少し遅くなるかも」と吾郎にメールで知らせてから、三人分のお茶をいれた。

「どうぞ」

瞬太がテーブルの上に湯呑みをおくと、呉羽は嬉しそうに、両手でつつみこんだ。

「あったかい……」

紅茶はいれるのに三分間かかるので、すぐにだせるお徳用のティーバッグにしたのだが、それにしても急ぎすぎたかもしれない。

瞬太はさりげなく祥明の様子をうかがったが、かなり薄いお茶を、気にせずすすっている。

祥明は見かけによらず、味にはこだわりがないのだ。

「明日のことでしたね」

人心地ついたところで、祥明がきりだした。

「あの……大丈夫なんでしょうか？　恒晴さんは、とても頭のいい……何をたくらんでいるかわからない人です」

呉羽は一所懸命、言葉を選びながら、ぽつりぽつりと話す。

「小志郎さんひとりでは心配だから、あたしも、明日、陰陽屋さんに行くって言ったんです。でも、危ないから来ないでくださいって、断られてしまいました」

「失礼ですが、呉羽さんはたしか、たいした妖術は使えないんでしたよね？」

「あたし、尻尾は二本だせるんですけど……」

呉羽はおずおずと言う。

「それはかわいらしい特技ですが、残念ながら、明日は役に立ちません。なにか武道の心得はおありですか？」

「いえ、何も……」

「それでは葛城さんの足手まといになるかもしれませんね。呉羽さんが人質にとられでもしたら、かえってややこしい事態になってしまいます」

祥明にやんわりと、だが、きっぱりと言われ、呉羽はしょんぼりと肩をおとした。

「そうですよね。こんなことなら、柔道か空手でも習っておけばよかった……」

「おれもさっき、同じことを思ったんだ」

「瞬太君も？」

呉羽は嬉しそうな顔をする。

「あ、ごめんなさい。喜んでる場合じゃないわよね」

表情をあらためると、両手をぎゅっと握りしめた。

「そもそもあたしが、恒晴さんと結婚なんかしたばっかりに……。子供には父親が必要だよ、なんて、優しい言葉にだまされたりするから、瞬太君が狙われることになっちゃって」

「悪いのは呉羽さんじゃないよ。だましたあいつだろう？」

「そうですよ。それにその時は、生まれてくる子供にとって、それが最善だと考えての選択だったんでしょう？」

祥明と瞬太の言葉に、呉羽は今にも泣きそうになり、頭を左右にふった。

「でも、そのせいで、瞬太君と一緒に暮らせなくなってしまって……。ごめんなさい、瞬太君、本当に、あたしのせいで」

「大丈夫だから。おれ、ずっと、人間の父さんと母さんのおかげで、幸せだったから。おれ、わりと、ううん、すごく運がいいんだ」

「……うん。きっと、燐太郎さんが守ってくれてるのね」

「そう、かも」

瞬太は目をしばたたいた。

お稲荷さんのご加護が、というのはよく言われてきたが、燐太郎という発想ははじめてで、なんだか新鮮だ。

「今さらだけど、あたしも、何か瞬太君の役に立ちたいの。どうやったら、恒晴さんから瞬太君を守れるかしら。小志郎さんや、祥明さんたちが、瞬太君を守るためにいろいろ考えてくれているのに、母親のあたしが、何もできないなんて……」

瞬太によく似た目で、呉羽は訴えた。

もどかしくて、いてもたってもいられないのだろう。

「大丈夫ですよ、明日は、キツネ君を陰陽屋には近づかせませんから」

「うん。学校が終わったら、まっすぐ家に帰れって言われてるんだ。おれも足手まといだってさ」

「そうなの？」

「それに、明日は出番がなくても、この先、呉羽さんを頼りにする場面はたくさんでてくるはずですよ。瞬太君はまだ十八歳ですから」

「そうでしょうか?」

「そうだよな?」

祥明に目でうながされ、瞬太はあわててうなずいた。

「そ、そうだよ。頼りにしてるよ!」

明らかに祥明に言わされた感満載だったが、呉羽は、うん、と、ほほえんだ。

涙をこらえた小さな鼻先が、ほんのり赤い。

自分の不安をはきだして、ようやく落ち着いた呉羽は、立ち上がった。

「駅まで送ってあげたらどうだ?」

「ああ、そうか」

祥明に言われて、瞬太は王子駅の北口改札まで呉羽とならんで歩いた。

ほんの数分の道のりだが、どんな話をしたらいいのかさっぱり思いつかない。

困っていたら、「陰陽屋さんでは、いつもどんなことをしているの?」「仲良しのお友だちはいるの?」など、呉羽の方が質問をしてくれたので助かった。

改札の前で、呉羽がなごりおしそうに瞬太の顔を見あげる。

「瞬太君、高校を卒業したら、うちに、その……遊びに来てね?」

「……うん」

高校を卒業したら、うちで一緒に暮らさない？

呉羽が飲み込んだ言葉を、瞬太は気づかなかったふりをして、うなずいた。

瞬太には、呉羽との暮らしなんて、正直、想像もつかない。

でも呉羽の方はずっと、いつの日かともに暮らしたいという思いを、あたためてきたのだろう。

「あの！」

改札を通った小柄な後ろ姿に、瞬太は声をかけた。

呉羽は少し驚いた顔でふりむく。

「三月十四日には、また、陰陽屋に来てよ。チョコのお返しを用意しておくから」

「……絶対行く！」

呉羽はぱあっと明るい笑顔になると、じゃあまたね、と、両手を顔の前でふったのだった。

暗い水底に封印された過去

一

吾郎のおかげで、無事にラスト二日間の補習に遅刻することなく出席し、むかえた土曜日の午後。

いつもは昼食をとった後、陰陽屋へむかうのだが、今日はまっすぐ帰宅しろと祥明に厳しく言われている。

祥明は春記と妖怪カフェから対談を生配信することになっているのだ。

あの二人のことは何も心配していない。

それより気になるのは、恒晴が王子にあらわれるかだ。

佳流穂たちはもう東京をはなれて、温泉にむかったはずだが、恒晴はそのことに気づいているだろうか。

今頃はもう、葛城がひとりで陰陽屋で恒晴を待ち受けているのだと思うと、胸がザワザワする。

もしかして、常連の江美子や律子が、陰陽屋で恒晴とはちあわせたりしていないだろうか。

昨夜の呉羽(くれは)ではないが、祥明たちが恒晴をおびきよせるためにあれこれ画策しているのに、自分が何もできないことが、もどかしくて仕方がない。

うわのそらで歩いていると、いつのまにか森下通り(もりしたどお)商店街にほど近い、名主(なぬし)の滝の前まで来ていた。

自然と足が陰陽屋へむかっていたらしい。

「だめだめ、まっすぐ家に帰らないと。……でも」

王子稲荷(おうじいなり)神社の赤茶色の塀(へい)が、瞬太の目に入る。

せめて、おまいりしてから家に帰ろうかな。

財布はほとんどからっぽだから、お賽銭(さいせん)はふんぱつしても百円しか入れられないけど。

そんなことを考えていたら、後ろからはしってきた乗用車が瞬太(しゅんた)の隣でぴたりととまった。

「やあ、瞬太君」

運転席の窓から顔をだしたのは、琥珀(こはく)色の瞳の青年だった。

鈴村（すずむら）恒晴だ。

瞬太の身体（からだ）が硬直する。

「なぜ……ここに!?」

「もちろん君に会いに来たんだよ」

恒晴は笑顔で答える。

どうしよう。

まさかこんなに堂々と、人通りのある路上で話しかけられるなんて、想定外だ。

恒晴は陰陽屋にあらわれるはずじゃなかったのか!?

「あ、あの、おれ……」

「乗らない？　話があるんだ」

恒晴は助手席のドアをあける。

「ええと……」

瞬太は混乱する頭で、一所懸命考えた。

今ならまだ走って逃げられる。

陰陽屋には葛城がいるはずだ。

「君も僕にききたいことがあるんじゃないの？」

恒晴の問いに、瞬太ははっとした。

そうだ。

恒晴にはききたいことがある。

今がその時だ。

瞬太は肩からななめにかけた通学かばんのベルトを、汗ばむ両手でぎゅっと握りしめた。

「ある」

あおざめた顔でうなずくと、瞬太は助手席に腰をおろす。

「シートベルトしめてね」

「……どうして」

「ん？」

「どうして燐太郎さんを殺したんだ!?」

いきなりの瞬太の質問に、恒晴は驚いたようだった。

「おまえが殺したんだろう!?」

「仕方がなかったんだ……」

細い肩をすくめる。

「事情を説明してもいいけど、長い話になるよ？」

「うん」

瞬太がうなずくと、恒晴は静かに車を発進させた。

二

「僕の母は妖狐だけど、父は人間だったらしい。記憶はないけどね」

化けギツネはほれっぽい、と、言っていたのは誰だっただろうか。

とにかく恒晴の母は恋多きキツネだった。

しかも人間の心をとりこにする妖力をもっていたので、彼女が気に入った人間とはすぐに両想いになったのだ。

ただし恋多き女は、すぐに心変わりをしてしまう。

恒晴の父親とも、三年たらずで別れてしまった。

だから恒晴には、父親の記憶がない。

特殊な妖力を持つ母親と、人間の男の間にうまれた恒晴は、妖狐の一族の中でも浮いた存在だった。

彼のことを忌み嫌ったりはしないが、親しく付き合うこともしない。

ごくまれに、冠婚葬祭などで会えば挨拶をするが、それだけだった。

孤立していた恒晴に転機がおとずれたのは、高校に入学した時だ。

たまたま同級生に、きりりとした涼やかなつり目の少年がまぎれこんでいた。

「その美しい琥珀(こはく)の瞳、もしかして、君、同族か?」

そう話しかけてきた同級生の瞳は金色をおびて輝き、瞳孔は縦長だった。

それが葛城燐太郎だ。

恒晴の遠縁にあたる燐太郎は、生粋の妖狐で、しかも、代々月村颯子(つきむらさつこ)に仕える、節目正しい家系の長男だった。

恒晴が母から受け継いだ、心をまどわせる妖力などまったく通じない。

だが、強く優しく穏やかな燐太郎は、恒晴の父親が人間であることなど気にせず、親しく接してくれた。

気づいたら、燐太郎は、恒晴にとって、ただ一人の親友となっていたのだ。

大学を卒業してしばらくたち、燐太郎が颯子に仕えるようになると、頻繁に会うことはできなくなってしまった。

それでもなんとか時間をつくっては、酒をくみかわしていたものだ。

それが恒晴にとっては、何よりも大切な時間だった。

化けギツネの寿命は長い。

このままゆるゆるとかわることなく、時は流れていくはずだった。

だがある日、いつもの居酒屋に、燐太郎がかわいらしい女性を連れてきた。

「燐太郎、この人は?」

「こんにちは、恒晴さん。葵呉羽です」

呉羽は、はにかんだ笑みをうかべる。

「どこかで会った?」

「颯子さまの姪の、呉羽さまだ」

「颯子さまの……」

恒晴は言葉を失った。

颯子の姪ということは、とびきり高貴な血筋の娘だ。

「全然似てないでしょう？　燐太郎さんにも言われました」

「そう……なんだ」

燐太郎はいつしか、颯子の姪の呉羽と恋仲になっていた。

燐太郎は、恒晴と会うときも、しばしば呉羽を連れてくるようになった。

化けギツネはほれっぽい。

いつか燐太郎にも好きな女性ができる。

頭ではわかっていたことだが、恒晴には耐えられなかった。

明るくかわいらしく、素直な呉羽は、何もかもが恒晴と正反対だった。

呉羽の心をまどわせ、燐太郎と別れさせようと、恒晴はひそかに試みた。

しかし呉羽は、ろくな妖術もつかえない小娘でありながら、恒晴の力をまったくよせつけない。

呉羽は、やはり化けギツネの中の化けギツネである月村颯子の姪なのだ。

人間を父親にもつ自分とはまったく違う。

格差を見せつけられた気がした。

燐太郎も呉羽も、純粋な存在なのだ。

妖力など使わなくても、まわりから愛され、大切にされる。

恒晴の心の闇になど、まったく気がつかない。

二人が自分に親しくしてくれればくれるほどみじめだった。


珍しく燐太郎がまる二日間休みをもらえたというので、恒晴は燐太郎を奥飛騨温泉郷にさそった。

呉羽はその頃、少し体調を崩していたので、二人で遠出できる絶好の機会だったのだ。

だが、その場にいない呉羽の名が、しばしば燐太郎の話題にのぼる。呉羽の好きな食べ物、呉羽の好きな飲み物、呉羽の好きな香り。

燐太郎が呉羽と結婚するつもりだと知った時、恒晴の我慢は限界をこえた。

「結婚？　本気なのか？」

「もちろん颯子さまのおゆるしをいただく必要はあるが、春にはと思っているんだ」

夜風にふかれながら、燐太郎は目もとをほころばせる。

「春……」

「結婚式には君にもでてもらいたい」

「いやだ」

「何か予定でもあるのか？」

燐太郎は首をかしげた。

「燐太郎、あんな女と結婚するな。あの女と別れてくれないのなら、僕は死ぬ」

恒晴は橋の欄干（らんかん）の上にとびのって、燐太郎にせまった。

「飲み過ぎたのか？　危ないぞ」

燐太郎はおどろいて、恒晴の右手を握り、欄干からおろそうとした。

「ほっといてくれ。僕なんか死んでもかまわないだろう？」

もちろん本当に死ぬ気などなかった。

ただ、燐太郎に、「結婚はやめる」と言ってほしかっただけだ。

「落ち着け、恒晴。いったい何を言ってるんだ」

しばらく二人は、橋の上でもみあった。

そこまで話して、恒晴は目を伏せた。

「燐太郎は、僕の頼みを受け入れてくれなかった。だから川に突き落として殺した」

三

ついに燐太郎の死の真相が、恒晴の口から語られた。

恒晴はずっと正面をむいたまま、ハンドルを握り、瞬太の方を見ようとしない。

瞬太は胸にかけたシートベルトを、右手でぎゅっとつかむ。

「おまえが……川に……？」

「ああ。もともと燐太郎は泳ぎがあまり上手くなかったし、その夜はかなり酒を飲んでいたから、簡単だった。泥酔した燐太郎が足をすべらせて川に落ちたんだろうって、警察は事故死で片付けたけどね」

瞬太は葛城から聞いた話を思い出していた。

川で溺死したことに、間違いはない。

だが、足をすべらせて川に落ちるほどへべれけに酔っ払っていたのなら、尻尾がでているはずだ。

しかし燐太郎の遺体に尻尾はなかった。

多少は酒を飲んでいたかもしれないが、へべれけだったとは思えない。

なぜ夜の川に転落したのか。

もしかしたら、一服もられたのかもしれない、と言ったのは祥明だ。

そして今、恒晴は、燐太郎はかなり酔っ払っていたから、簡単に川に突き落とすことができたと言っている。

なんだかおかしくないか？

こんな時、祥明だったら何て言うだろう。

「おまえは嘘つきだ。燐太郎さんは、ちょっとは飲んでいたかもしれないけど、へべれけに酔っ払ってなんかいなかった。だから簡単に川に突き落としたりもできなかったはずだ」

瞬太の追及に、恒晴は答えない。

「それに、燐太郎はあまり泳ぎが得意じゃなかったって今おまえは言ったけど、全然泳げなかったわけじゃないいんだろう？　たしかに夜の川に人間が落ちたら大変なことになるかもしれないけど、おれたちは暗いところだってまあまあ見えるし、いろいろおかしいよ」

やはり恒晴は答えない。

もしかしたら自分はまとはずれなことを言っているのかもしれないが、ここでひくわけにはいかない。

「いきなり橋の欄干にとびのって、呉羽さんと別れてくれって迫ったおまえの方こそ、へべれけだったんじゃないのか？」

それはただの口からでまかせだった。

だが恒晴は急に大声で笑いだすと、車を路肩によせてとめた。

サイドブレーキをひくと、ぐるりと瞬太の方をむく。

らんらんと輝く琥珀の瞳の中の、真っ黒な縦長の瞳孔。

妖狐の瞳だ。

運転席から身体をのりだし、両手で瞬太の肩をつかむと、にやりと笑った。

「君、顔は呉羽に似てるけど、意外と鋭いね」

低い声で、ささやく。

瞬太の肩をつかむ両手に、力が入る。
怒らせたのかもしれない、と、瞬太はひやりとする。
だが痛いくらいに強く肩をつかまれ、逃げ出すこともできない。
瞬太は背筋を汗が流れおちるのを感じながらも、必死で自分を叱咤した。
祥明だったらここで何て言う？
こうなったらヤケクソだ。
「もしかして図星だった？　おれ、頭は悪いけど、カンはいいんだよね」
ちょっと声が上ずってしまった。
ごまかすために、瞬太も必死で金色の瞳に力を入れ、にらみ返す。
ただのはったりだが、とにかく恒晴のペースにのまれたらおしまいだ。
「そうか、カンか……」
氷のように冷ややかな恒晴の笑顔が急にくずれ、肩をつかむ両手の力がゆるむ。

四

「結婚なんかやめろよ、燐太郎」

　欄干にとびのり、子供のようにだだをこねる恒晴に、燐太郎はあっけにとられたようだった。

「……何を言ってるんだ？」

「どうしてもあんな女と結婚するって言うのなら、僕はこの川にとびこんで死ぬ。死んでやる」

　恒晴は半ベソで訴えた。

「おまえ、飲み過ぎだぞ。とにかくそこからおりろ」

「いやだ！　燐太郎のばか！」

　燐太郎がのばした手をふりはらうと、恒晴は欄干から川にむかってとびおりた。

　完全に酔った勢いだった。

　死にたかったわけではないが、死んでもかまわないとは思った。

燐太郎が呉羽と結婚したら、自分の居場所はもうなくなるのだ。

だが恒晴は、川面にむかってブラブラと宙づりになっていた。

尻尾に激痛がはしる。

橋の上の燐太郎が、両手で恒晴の長い尻尾をつかんでいたのだ。

「何をする!?」

「動くな！　すぐに引き上げてやるから」

「余計なお世話だ！　はなせ！」

「絶対にはなさない！」

燐太郎の手をふりほどこうと恒晴は身をよじり、あばれたが、力強い手ははなれない。

そして二人はもつれあったまま、夜の川に落ち、流された。

暗く冷たい川の流れは、意外に激しかった。

本当に自分は死ぬのかもしれない。

その時はじめて恒晴は恐怖を感じた。

川の中で、必死でもがき、流れにさからおうとするが、どんどん流されていく。

もうだめだ。

いつのまにか意識を失っていたのだろう。
気がついたら、コンクリートの橋げたにひっかかっていた。
かなり下流まで流されたようだ。
暗闇の中、のそのそと岸からはいあがる。
燐太郎はどこだろう?
恒晴はあたりを見回したが、燐太郎の姿はなかった。
燐太郎の溺死体が発見されたのは、その夜遅くのことだった。

五

恒晴はどうやって京都に戻ったのか、記憶がない。
三日ほど自宅にひきこもった。
何ものどを通らず、生きているのか死んでいるのか、自分でもよくわからない。

何も知らない呉羽が、泣きながら、燐太郎の死を知らせる電話をくれた。

「水難事故だそうです。どうしてひとりで温泉なんかに……」

自分が燐太郎を殺したようなものだ。

消えてしまいたい、恒晴は本気でそう思っていた。

だが、呉羽が燐太郎の子供を身ごもっていることを知った。

「燐太郎の、子供が？」

「はい。昨日わかりました。あたし、生みます。がんばってひとりで育てます」

泣きはらした顔で、呉羽は言った。

燐太郎の子供。

燐太郎と、月村颯子の血筋を受け継いだ、純血種の妖狐。

どんなに素晴らしい子供がうまれるのだろう。

燐太郎にかわって、自分が育てよう。

燐太郎そっくりの、強くて賢い妖狐に。

なんとしても手に入れたい……。

「生まれてくる子供には、父親が必要だよ」

もともと他人を疑うことを知らない上に、はじめての出産と子育てで不安になっている呉羽の心につけいるのは、簡単だった。

喪中だったこともあり、式はあげず、結婚を知らせるはがきを数名にだして一緒に暮らしはじめた。

少しずつ大きくなっていくお腹に、毎日語りかける。

そこにいるのか、燐太郎。

「早くでておいで、待っているよ」

恒晴の願い通り、元気な男の子が生まれたのは、冬至の日だった。

すべてが始まる吉日だ。

恒晴は毎日、赤ん坊に話しかけた。

「はやく大きくなれ。おまえは世界で一番強い妖狐になるんだ」

すやすや寝てばかりの赤ん坊に話しかける。

だがある日、急に呉羽と赤ん坊の姿が消えた。

なぜだ。

どこへ行った!?

それともさらわれたのか!?

嗅覚を全開にして、恒晴は必死で捜した。

だが恒晴の嗅覚では、最寄り駅まで追いかけるのが精一杯で、そこから先を追うことはできない。

もしかして、ちょっと散歩にでも行ったのかもしれない。

そう期待して家に戻ったが、呉羽も赤ん坊も戻ってこなかった。

恒晴はあらためて自宅を嗅覚で探索した。

呉羽と赤ん坊の他に、誰かが侵入した様子はない。

財布と靴がなくなっているから、やはり呉羽が自分ででかけたのだろう。

だが服や、化粧品はそのままだ。

事故や事件にまきこまれたのなら警察から連絡があるはずだが、まったくない。

……最近、呉羽にかわった様子はあっただろうか？

記憶をひっくり返して点検した。

そういえば、恒晴が赤ん坊に話しかけているのを聞いて、とまどったような顔をしていたかもしれない。

恒晴がいつまでも赤ん坊の名前を決めず、燐太郎とよんでいるのも気に入らないようだった。

あんな女の気持ちなどどうでもいいと無視してきたが、まさか逃げ出す度胸があるとは思わなかった。

燐太郎が選んだ女をあなどりすぎたか。

だが、乳飲み子を連れて、どこへ行った？

呉羽の両親はもう亡くなっているはずだ。

どこか頼れる人のところへ逃げ込んだにちがいない。

恒晴はさりげなく、妖狐の知り合いに探りをいれてみた。

伯母(おば)の月村颯子は長旅にでていて、そもそも日本にいない。

燐太郎の弟のところにも行っていないようだ。

颯子の娘の佳流穂に探りをいれてみたところ、逆に、なぜ呉羽のことを捜しているのかと問い詰められてしまった。

おそろしく嗅覚の鋭い佳流穂には、嘘が通じない。

呉羽は燐太郎の子を出産したあと、行方がわからなくなったと告げると、ひどく驚いていた。

やはり、呉羽は佳流穂のところには行かなかったようだ。

頼るあてのない妖狐が、乳飲み子を抱えて、いったいどこをさすらっているのか。

誰も頼りにできない時、妖狐が逃げ込む最後の砦といえば、西の伏見稲荷大社か東の王子稲荷神社だ。

だが東京の王子稲荷神社はあまりにも遠いし、呉羽にとって縁もゆかりもない土地。

伏見稲荷大社を頼ったに違いない。

待とう。

もう一人の燐太郎は必ず、自分のところに戻って来るはずだ。

母の旧姓である鈴村を名乗り、人間たちにまじってくらしながら、恒晴はじっと自分の小さな燐太郎があらわれるのを待ち続けた。

そしてある夏、とうとう、瞬太の気配が稲荷山にあらわれたのだ。

六

長い長い告白のあと、恒晴は両腕をのばし、瞬太の頭を抱きよせた。

やわらかな前髪が瞬太の頬にふれる。

「すまない、燐太郎。殺すつもりなんかなかった。僕にとってはたったひとりの、かけがえのない親友だったんだ。それを僕は、自分の愚かなわがままのせいで、永遠に失ってしまった。どんなに後悔しても、燐太郎は戻らない。僕はこの世の誰よりも自分を憎んだ。君も僕を憎んでいい。君にはその権利がある」

「だから、自分が燐太郎さんを川に突き落としたなんて、作り話をしたのか……」

「僕が燐太郎を殺したようなものだから。せめて君には憎まれるべきだ、いや、憎まれたいと思っていた」

「そんなふうに言うなよ……。事故じゃないか。燐太郎さんは……お父さんは、おまえを助けようとしたんだ。だから、そんなふうに言うなよ」

瞬太は困り顔で答える。

まさか恒晴が、ずっと苦しんでいたとは思わなかったのだ。

恒晴はぎゅっと瞬太を抱きしめた。

「もしも君がいなかったら、僕はとっくに生きるのをやめていただろう。君の存在が僕の心の支えだった。おそらく呉羽もだ。生まれてきてくれてありがとう」

「えっと……うん……」

そんなふうに言われたことなどなかったので、瞬太はさらに混乱し、とまどう。

もちろん悪い気はしないが、まさか、よりによって恒晴から、生まれてきたことを感謝されるだなんて。

「瞬太、という名前をつけたのは呉羽？」

「ううん。おれを育ててくれた人間の両親。呉羽さんが王子稲荷神社の桜の根元に置いていたのを、母さんと犬のタロが見つけてくれたんだ」

呉羽は社殿のかげにかくれて、こっそり様子をうかがっていたらしい。いろいろ心配だったのだろう。

「瞬太っていう名前は、一瞬一瞬を大切に生きてほしいっていう願いをこめてつけたんだって教えてくれた」

「一瞬一瞬を大切に、か。人間らしい発想だね」

興味深いけど……と、恒晴はつぶやく。

「王子稲荷神社は僕も考えたけど、よもや、人間に託すとは思いもよらなかったよ。いくら捜してもみつからなかったはずだ。完全に裏をかかれたな」

さすがは燐太郎が選んだ女だ、と、恒晴は息を吐く。

「それで、今は呉羽と暮らしているの？」

「ずっと人間の両親と一緒に暮らしてるよ。呉羽さんともたまに会うけど」

「十八歳だと、もうすぐ高校卒業だね。もし君が僕をゆるしてくれるのなら、このまま僕と一緒に暮らさないか？」

「えっ？　今、なんて？」

瞬太は耳を疑った。

聞き間違いだろうか。

「今度こそ僕と暮らさないか？　人間と暮らすのが楽しいのは子供のうちだけで、だんだんとつらくなってくるよ」

「……おれは燐太郎さんじゃないよ」

「そんなことはわかってるさ」

「でも……」

「やっぱり僕をゆるせない？　それはそうだよね」

「もともと憎んでないよ。ただ、おれは、父さんと母さんが大好きだし、同級生たちもいるし、高校卒業までは沢崎家で暮らしたいって思ってるんだ。おれは化けギツネとしての能力がすごく低くて、狐火をだすくらいしかできないから、みんな心配して、一緒に暮らそう、いろいろ教えるよって言ってくれるけど……」

「それだけじゃない」

「え？」

「僕は何度か人間と暮らしたことがあるけど、妖狐と人間は時間の流れ方が違う。妖狐はゆっくりと老いていくから、一瞬一瞬を大切にするという感覚自体がない」

「時間感覚が違うから、うまくやっていけないっていうこと？」

「彼らはどんどん老いて、僕たちを残して逝ってしまう。僕たちにはどうすることもできない。ただ見ているだけだ。たとえて言うなら、人間が犬や猫と暮らすのに似ているかもしれない。かわいらしい仔犬があっというまに成犬（おとな）になり、十年もすれば年老いはじめ、二十年たたないうちに死んでいく。それを僕たちは見ているしかない」

「……そんな……」

「それはとても悲しいことだ。それを何度か経験するうちに、だんだん人間と暮らせなくなる。僕の母のように、数年ごとに恋人をかえたりね」

ちっとも成長しない子供がいると、両親が奇異な目で見られるから、ずっと一緒にいたら迷惑をかける、ということはわかっていた。

しかしそこまで妖狐と人間の時間の流れが違うとは想像してもいなかった。

たしかに、五年前、かわいい仔犬だったジロは、今や立派な成犬だ。

あとどれくらい生きるかなんて、考えたこともなかったが……。

「みんな、それを知ってるの？　呉羽さんも、葛城さんも、佳流穂さんも……。だからみんな、自分と暮らそうって言うの？」

「みんな、かわいい君が悲しむのを見たくないんだよ」

「そうか……そうだったのか……」

思わず瞬太の目に、涙がこみあげてくる。

こんなやつの前でなんか泣くものか、と、必死でがまんして、ぎゅっと両手をつよくにぎった。

頭の中が真っ白になって、何も考えられない。

「ごめん、君を泣かせるつもりじゃなかった」

「泣いてなんか……」

ない、と、言おうとした瞬間、涙が左の頬をすべりおちた。

恒晴が指先で瞬太の涙をぬぐおうとするが、瞬太は顔をそむける。

泣き顔を見られたのが、悔しくて、恥ずかしかった。

しっかりしろ、おれ。

心の中で自分を叱咤する。

「……おれ、家に帰るよ。遅くなったら父さんが心配するから」

なんとか声をしぼりだしたが、平気な表情をつくることはできなかった。

震える手でシートベルトをはずそうとするが、カチャカチャ音がするばかりだ。

「家までおくるよ」

「いい。外を歩きたい気分だから」

「そう？」

ようやくシートベルトをはずすと、瞬太はドアをあけ、車外へでた。

「いつでも連絡して」

しないよ、そんなの、と言いかけて、口を閉ざす。

琥珀の瞳には、心の底からの心配がうつしだされていた。

恒晴に怒りをぶつけても、事実はかわらない。

「……いろいろ話してくれて、ありがとう」

瞬太はぺこりと頭をさげると、車のドアをしめた。

七

わた雲の群れが流れる空の下、両側にマンションやビルがならぶ大通りを、瞬太はとぼとぼと歩きはじめた。

勢いで恒晴の車からおりたものの、今、どのあたりなのか、さっぱりわからない。

冷たい風に首をすくめ、マフラーをまきなおすと、ブレザーのポケットに両手を入れた。

　一度にいろんな話を聞かされて、頭がパンクしている。

「まいったなぁ……。燐太郎さんが死んだ時のことを、くわしく聞きたかっただけなのに……」

　いったん整理しようと試みたが、睡魔におそわれて、またも立ったまま眠りそうになったのでやめた。

　こんな知り合いが通りかかりそうもない場所で熟睡したら、今度こそ風邪をひいてしまうのがおちだ。

　家に帰るまで考えごとはやめておこう。

　交通量の多い大通りだし、このまま道なりに歩いていれば、いずれバス停か駅にでるだろう。運が良ければだけど。

　ため息をつきながら歩いていると、通学かばんの中から着信を知らせるメロディが流れてきた。

　父の吾郎からだ。

　五秒ほどためらったが、通話ボタンを押した。

「瞬太か？」

「うん。どうしたの？」

「いや、無事ならいいんだ。上海亭(シャンハイてい)のおかみさんが、おまえが見知らぬ若い男の車に乗ってるのを見たらしいって祥明さんから聞いて。いや、たぶん、陰陽屋のお客さんか誰かじゃないかなとは思ったんだけどさ。でも、今日はアルバイトがないから、早く帰るって言ってたのに、もう三時だろう？」

「父さん……」

「いや、もちろん、江本(えもと)君や岡島(おかじま)君とアジアンバーガーにでも行ってるのかなとは思ったんだよ。ただ、夕ご飯は何時くらいになりそうなのかなって確認しておきたくてね」

いつものように瞬太が、おれはもう小学生じゃないんだから、と、文句をつけてくるのを予想しているのだろう。

吾郎は先回りして、言い訳をする。

「父さん……」

「何かあったのか？」

「……ううん、そういえば、おれ、すごく腹へったなって……今、気がついて……」

気が抜けて、今度こそ瞬太は泣きだしてしまった。

「瞬太？」

「でも、おれ、迷子で、どうやって家に帰ったらいいのかわからない……」

「大丈夫、すぐに迎えに行くからそこにいなさい」

「え、でも、目印になるような建物とか見あたらないんだけど、どう説明したらいいのかな」

両側にマンションがならんでいる大通りなんて、東京ではありふれすぎていて、何の手がかりにもならない。

「携帯電話のＧＰＳ機能を使えばわかるから」

「へ？」

本人は知らなかったのだが、瞬太の携帯電話には、場所を確認する機能がついていたのである。

二十分後、吾郎が愛車で迎えにきてくれた。

助手席にはみどりがいる。

「今日はちゃんと瞬太が携帯電話を持ち歩いていてよかったわ。夏休みの時は、お店のロッカーに入れっぱなしだったから、役に立たなかったのよね」

備えあれば憂い無しって言うでしょ、と、みどりは笑う。

「とりあえずこれでも食べていなさい」

吾郎が瞬太にさしだしたのは、食パンと魚肉ソーセージとトマトジュースだった。

「おむすびを握ろうかとも迷ったんだけど、瞬太が今にも倒れそうな調子だったから、一刻も早くかけつけた方がいいと思ってね」

たまたま沢崎家のキッチンにあったものを持ってきたのだという。

瞬太は後部座席で、ありがたく食パンにかぶりついた。

「ところでどうして練馬で迷子になっていたんだい？」

「え、ここって練馬なの？」

「うん。環状七号線だね」

恒晴はこのあたりに住んでいるのだろうか。

それともただ、適当に大通りを流しながら話をするつもりだったのだろうか。

「たまたま車をおりた場所がこのへんだっただけで、別に用事はなかったんだけど

「……」

「そういえば、上海亭のおかみさんが見た人って、誰だったの？」

みどりの質問に、瞬太はしばし考えこんだ。

「鈴村恒晴っていう化けギツネで」

どう説明したらいいのだろう。

「死んだ燐太郎さんの……」

「瞬太？」

「ともだち……」

安心したのと、空腹がみたされたのと、考えようとしたのとで、今度こそ瞬太は眠りにおちてしまった。

「家に着いたわよ、瞬太」

みどりに声をかけられて瞬太が目をあけると、沢崎家の前で長身の男性三人がまちかまえていた。白い狩衣（かりぎぬ）の祥明、カシミアコートの春記、黒服に黒いサングラスの葛城である。

祥明一人でも目立つのに、この三人がまとめて立っているのだ。いったいなにごとか、と、通りすがりの人たちがみな、ちらちら見ていく。

「補習が終わったら、まっすぐ家に帰れと言ったはずだが？」

ねぼけまなこで車からおりた瞬太に、祥明は低い声で言った。

かなり怒っているようだ。

「えっと、補習が終わった後、ぼんやり歩いていたら、いつのまにか森下通り商店街のはずれまで来ていて、そこで偶然、恒晴にでくわしちゃったんだ……」

「偶然、ね」

「う、うん。たぶん、恒晴は、陰陽屋にいるおれに会いに行こうとしてたんだと思う。あいつは佳流穂さんほど鼻はきかないって言ってたし」

「鈴村君は陰陽屋へ行く道すがら、偶然、瞬太君を見かけて、車につれこんだ、というわけかい？」

春記の口調は祥明ほど厳しくない。

「えっと……話があるって言われて……」

「気がついたら車に乗っていたんですか？　恒晴さんにあやつられたのかもしれませ

んね」

　葛城は心配そうな表情である。

「いや、そうでも……。おれもききたいことがあったし」

　瞬太の答えに、祥明はピシッと鋭い音をたてて扇をたたんだ。

「自発的に恒晴の車に乗ったのか」

「うん……」

　瞬太がうなずくと、三人は同時にため息をついた。

八

　さかのぼること一時間。

　春記と祥明は、予定通り、十四時半には狐談義の配信を終えていた。

　妖怪研究チャンネルの配信を担当するスタッフ二名は、ＷＥＢカメラとマイクをてきぱきと片付けている。

「まだ鈴村君はあらわれない？」

「変わりなしです」

二人は晴明と狐の話をしている間も、ずっと、陰陽屋に設置したカメラの画像を見ていた。

留守宅でペットの様子を確認するためのアプリとカメラなので、それほど解像度は高くないが、恒晴があらわれたかどうか見張るには十分だ。

しかしこの九十分間というもの、陰陽屋にあらわれたのは、女子中学生が二人だけだった。

臨時店番の葛城から護符を買うと、二人はさっさと帰っていく。

「どうします？　一応この会議室は五時まで借りてありますが、今日は恒晴はあらわれそうにないですね」

「そうだな。配信が終わってから、のこのこ来るとも思えないし」

「山科先生、来月はいつもの妖怪カフェでいいんですよね？」

「うん、急に場所を変更して悪かったね。助かったよ」

背景の画像は妖怪カフェになっていたが、実は、陰陽屋に恒晴があらわれた時にすぐかけつけられるよう、北とぴあの会議室から配信していたのである。

王子駅のすぐ近くにある北とぴあから陰陽屋までは、徒歩で五分ほどの距離だ。

来月もよろしくお願いします、と、挨拶して、スタッフたちは撤収していった。

春記も立ち上がり、コートを手にとる。

「誰か来ました」

陰陽屋の画像を見ていた祥明が言う。

店の入り口の黒いドアがあいたので、今度こそ恒晴か、と、二人は画像に見入ったが、残念ながらまたも女性客だった。

「これは……上海亭の江美子さんですね」

「ああ、あの、フカヒレスープが美味しい中華料理店か」

春記も何度か上海亭に行ったことがあるのだ。

その時、カメラのむこうの葛城が、携帯電話をポケットからとりだし、指さした。

生配信中はアプリの音声を切るので、何か困ったことがあったら、携帯に連絡をくれと言ってあったのだ。

祥明は狩衣（かりぎぬ）のたもとから、携帯電話をとりだした。

「どうしました？」

「今、こちらのお客様が、今日のお昼どきに瞬太さんが見知らぬ若い男の車に乗っているのを見たと言っておられるのですが」

祥明は嫌な予感に、眉を片方つりあげた。

「江美子さんにかわってください」

「瞬太君だったわよ。あたしが見間違えるはずないじゃない」

江美子は毎週のように陰陽屋へ通ってくる常連なのだ。たしかに瞬太を見間違えるとは思えない。

「運転していたのは、若いハンサムな男の子だったわ」

「もうちょっと詳しくお願いします。髪形や目の色などはわかりますか？」

「うーん、商店街を車で通り過ぎていくのを見ただけだから、そんなにはっきりは覚えてないのよ。車は銀色の軽だったわ」

「そうですか、ありがとうございます」

祥明は江美子との通話を終了すると、瞬太にかけてみるが、案の定でない。

「でませんね」

「鈴村君に携帯をとりあげられたのかな？」

春記は腕組みをして、首をかしげた。

「キツネ君の場合、単に居眠りしているだけかもしれません」

「なるほどね」

さきほどの江美子のふわっとした話だけでは、一緒にいた若い男というのが恒晴なのか、そうでないのか、判別のしようがない。

「恒晴さんは銀色の車を持ってますか？」

「わからない。運転はできたと思うけど」

話しながら、二人は急ぎ足で会議室をでた。

歩きながら祥明は沢崎吾郎に電話をかける。

「吾郎さんですか？　陰陽屋の安倍です。瞬太君はもう帰ってきていますか？」

「あっ、本当だ。祥明からの電話には気がつかなかった」

瞬太は携帯電話の着信履歴を見て、ごめん、と、頭をかく。

恒晴の話で頭がいっぱいいっぱいになっていて、無意識のうちに着信メロディを遮断していたのだろう。

「兄のことは聞けましたか？」

「うん。事故だった。詳しく話してくれたよ」

恒晴ではないが、長い話になるから、ということで、みんなで沢崎家のこたつをかこむことになった。

こたつにはいる陰陽師もかなり珍妙な姿だが、春記と葛城もなかなかの違和感である。

吾郎がコーヒーをいれている間、みどりがお茶菓子をだす。数日前に瑠海がおくってくれた気仙沼のホヤぼーやサブレーとうみねっこー塩あんくっきーだ。

「えーと……」

全員の視線を感じて、瞬太は緊張をかくせない。

「葛城さん、クラブドルチェって土曜日は何時からだっけ？　そろそろ行かなくていいの？」

「今日はお休みをいただいたから大丈夫ですよ」

「そうか……」

瞬太がぽつりぽつりと話すのを、全員が黙って聞く。

あれこれ考えると眠くなってしまうので、とにかく、恒晴から聞いたことをそのまま伝えるようにした。

「やはり恒晴さんが兄の死に関わっていたんですね」

「うん、でも、死なせるつもりじゃなかった、って、すごく後悔してたよ。おれとしては、燐太郎さんが、親友だと思っていた男に殺されたんじゃなくて、ほっとした」

「その話はどこまで信用できるのかな？　もちろん僕は自分の教え子の言葉を信じたいけど、でも、証拠は何もないよね？」

「えっ……」

春記の指摘に、瞬太はとまどう。

恒晴が嘘をついているようには見えなかったが、たしかに証拠はない。

「ヨシアキ君はどう思う？」

「鈴村恒晴という人物のことをよく知らないので何とも。葛城さんはどうですか？」

「そうですね……」

葛城はしばし考え込んだ。

「私も恒晴さんの人柄はよくわからないのですが、兄の親友だったことはたしかです。

そして兄は、親友が川に飛びこもうとしたら、必ず助けようとしたでしょう。兄は、そういう人でした」

葛城がきっぱり断言すると、なるほどね、と、春記と祥明は同意し、納得したようだった。

瞬太はほっとしつつも、肩をおとす。

「ごめん。ちゃんと予定通り、恒晴の相手を葛城さんにまかせておけば、信用できる話かどうか確認できたよね」

「それはどうかな」

祥明が頰に扇の先をあてて、首をかしげる。

「え？」

「相手が子供ひとりだったからこそ、本当のことを話してくれたんじゃないのか？」

「そう……かな？」

瞬太の頰がゆるんだ。

またまた祥明に子供扱いされてしまったが、今日は素直に喜んでいいような気がする。

「葛城さんはまだしも、いかにも油断ならなそうな大人、特に春記さんあたりが一緒だったら、絶対に本当のことは話してもらえなかっただろう」

「いやいや、僕はヨシアキ君には一歩譲るよ」

「ようやく長年の謎がとけて、大きな荷物をおろしたような気分です。本当に瞬太さんもお二人も、ご協力ありがとうございました」

葛城は居住まいを正し、丁寧に頭をさげた。

「いやいや、そもそも鈴村君を捜してほしいっていうのは、僕の依頼ですから。そういえば鈴村君は、大学に戻る気はあるって言ってた？」

「あっ、その話をきくのはさっぱり忘れてた！　ごめん！」

「まあそんな気はしていたよ」

春記は優雅に肩をすくめる。

「いつでも連絡してくれって言われたから、今夜またメールしてみる」

「やめておけ。あいつにはもう関わらない方がいい。今度こそ、さらわれるぞ」

「そういえば、一緒に暮らさないかって言われたよ」

「はあ!?」

祥明が珍しく、目をむいた。

葛城もあっけにとられている。

「鈴村君には僕が直接メールするからいいよ。たぶん返事はないだろうけど、まあ、返事がないのが返事ということもあるからね」

「瞬太さんが心配です。やはり私と暮らしませんか？」

「いやいや瞬太君は高校を卒業したら、モテ男子になるべく京都で研鑽をつむことになってますから。ね、瞬太君？」

そういえば以前、春記から、そんなことを言われたような気がする。

モテ男子の条件は、たしか料理と、あと何だっただろう。

いや、しかし。

「おれ、今年は卒業できそうにないから……」

「おや」

今度は春記が目を見開く番だった。

祥明は黙って、肩をすくめる。

「瞬太さん!?」

「瞬ちゃん……」

「瞬太……」

　みどりと吾郎は、しみじみとため息をついた。

「京都の高校に転校するかい？」

「ありがとう。でも、おれ、勉強は苦手だから、卒業できないなら中退でいいと思ってるんだ」

「こらこら、瞬太！」

　あわてて吾郎から注意がとぶ。

「すみません、これでも一所懸命育てたんですが……」

「いえいえ、こちらこそ申し訳ありません」

　吾郎が葛城に謝っているのを見て、すごく申し訳ない気分になった瞬太であった。


　三人の帰り際に、春記の携帯電話が着信を知らせた。

「谷中(やなか)の妖怪カフェに、優貴子(ゆきこ)さんが乱入して、ヨシアキに会わせなさいって騒いでいるんだって。妖怪チャンネルのスタッフたちが困ってるんだけど」

遅ればせながら、箱根（はこね）からかけつけて来たらしい。

さすが優貴子である。

「お父さん、あんなに念を押したのに、逃げられたのか……」

祥明はうんざりした顔で言う。

「優貴子さんは誰にも止められないよ。で、どうする？」

「春記さん、お願いします」

「いやいや、ここはヨシアキ君が行かないと。僕と憲顕（のりあき）さんで強引に優貴子さんをひきずって帰ったりしたら、勘違いした人が、警察に通報しちゃうかもしれないだろう？」

二人が押しつけあっているそばで、瞬太は、葛城の袖（そで）をそっとつかんだ。

「あのさ、葛城さんは、人間と暮らしたことある？」

「いえ、私はずっとひとり暮らしなので。もちろん子供の頃は、家族と暮らしていましたが、人間と暮らしたことはありません」

「そうか……」

「どうかしましたか？」

「ううん、なんでもない。雅人さんやホストのみんなによろしくね」

瞬太は頭を横にふると、玄関の前にでて、吾郎、ジロとともに三人を見送った。

九

祥明と春記が日暮里についたのは、ちょうど街並みが青灰色に染まっていくたそがれどきだった。

春記の案内で、静まり返った谷中霊園を通りぬける。

霊園をぬけた先に、妖怪カフェはひっそりとたたずんでいた。

他にも飲食店、雑貨屋、古本屋などが点在する商業地域だが、夜遅くまでにぎわう谷中銀座にくらべると静かなものである。

妖怪カフェの外観は、小型お化け屋敷だ。

入り口の引き戸の上には、破れた提灯、脇には唐傘がディスプレイされている。

「ここですか……。妖怪というより、幽霊がでそうですね」

「遠慮なくどうぞ」

春記に催促され、祥明は暗い顔で引き戸をあけた。

「いらっしゃいませ」

猫娘のウェイトレスが祥明を見て、顔色をかえる。

「え、陰陽師？　コスプレ？」

「陰陽師はたいてい漫画やアニメで敵方……」

「まさか妖怪退治じゃないだろうな」

店内のあちこちから、冷ややかな視線が、いっせいに祥明めがけてとんできた。

注目をあびるのには慣れているが、警戒されるのははじめてだ。

いますぐここから退散したいところだが、まだ目的をはたしていない。

優貴子はどこだろうと、店内を見回した時。

「ヨシアキー！」

嬉しそうな声をあげて、優貴子がかけよってきた。

両手を祥明の首にまわし、ぎゅっと抱きつく。

祥明はいつもなら優貴子を容赦なく振りはらうところだが、人目のあるところで騒ぎはおこさないでくれ、と、春記に釘をさされているのでぐっと我慢する。

「何か用ですか？　お母さん」

「あのね、ママね、箱根でお土産を買ったから、ヨシアキに渡そうと思って持って来たの。温泉玉子と温泉まんじゅうよ」

優貴子は嬉しそうに、白い狩衣に頬ずりした。

ファンデーションがつくからやめてほしい。

しかし、長い髪に、ととのった美しい顔。膝丈の白いニットのワンピース。

とても三十すぎの息子がいるようには見えない。

将来は、春記の母の蜜子（みつこ）のように、美魔女コンテストに出場できそうだ。

「憲顕さん、ヨシアキにお土産を渡して」

優貴子に名前をよばれて、憲顕が立ちあがった。

「役に立てなくてすまないね、せっかく箱根まできたんだからゆっくりしようと言ったんだが」

憲顕は申し訳なさそうに謝りながら、お土産入りの紙袋をさしだす。

「いえ、こんなこともあろうかと、別の場所から配信したので、問題ありませんでした」

「そうか、それならよかった」

憲顕は心底ほっとしたようだった。

「それで、首尾はどうだったの？」

祥明に尋ねたのは、なんと、月村颯子だった。

今日は黒いコートをはおっているので、いつも以上に魔女感がある。

美しく波うつ白銀の髪に、真っ赤な唇。大きな瞳は、時おり黄金色の輝きをはなつ。

「颯子さん、なぜここに!?」

「妖怪カフェなるものが谷中にできたから行ってみましょうって誘われたら、断れないでしょう。楽しそうだし」

化けギツネの中の化けギツネと称される妖狐の長老が妖怪カフェに来てどうする、と、祥明は心の中でつっこむ。

「とにかくここはでましょう。アウェー感がすごすぎます」

こうして話している間にも、厳しい視線がビシビシとんできているのだ。

「お母さんもいいですね？」

「ヨシアキがそうしたいのならいいわよ。憲顕さん、お金払っておいてね」

優貴子はご機嫌である。

妖怪カフェの外にでると、祥明はため息をついた。

「それでは私はこれで。お母さん、ちゃんとお父さんと一緒に、国立(くにたち)まで帰ってください」

「えっ、もう帰っちゃうの!?」

「どこか違う店に入らないか？　僕も少々お腹がすいたよ」

春記の提案に、優貴子も大賛成である。

「それなら、あっちの方から美味しそうな匂いがするわ」

颯子の娘の佳流穂が、店からでてくるなり、鼻をピクピクさせ、前方の交差点を指さした。

自慢の嗅覚で美味しい店をみつけたらしい。

「あたしについて来て」

先頭に立って歩きはじめた佳流穂に、春記は興味津々だ。

一行は交差点を渡った先にある、カフェユエという明るい内装のカジュアルな飲食店に入った。

ここでも白い狩衣姿の祥明は目立っていたが、少なくとも警戒はされておらず、ほっとする。

オーダーをすませると、祥明はあらためて颯子と佳流穂に春記を紹介した。

「お二人にお目にかかれて光栄です」

いつもおおげさな表現を好む春記だが、今日は本心から嬉しそうだ。

「ヨシアキ君はそれだけでいいの？」

一人だけ桑茶をすすっている祥明に、春記が尋ねる。

ちなみに春記は金華(きんか)サバとモウカ鮫(ざめ)の白身フライの和定食に、東北の地ビールだ。

「食欲がないので……」

「大丈夫？　お腹痛いの!?　病院に行ってみてもらう!?」

シナモンがたっぷりかかった焼きリンゴを頬張りながら、ここぞとばかりに優貴子が身をのりだした。

食欲がないのは誰のせいだ、と、祥明は心の中で毒づく。

「お母さん、あなたの息子はもう三十二歳です。お腹が痛くなれば、ひとりで病院に行けるし、ドラッグストアで薬を買うこともできます。放っておいてください」

祥明がおもいっきりとげとげしい声で言いはなつと、優貴子は驚いて、大きく目を見開いた。

「あの小さかったヨシアキが、いつのまにか三十二歳になっていたなんて……。こんな素敵な三十二歳を見るのははじめてで、ドキドキしちゃった」

「……はあ……？」

祥明は脱力して、テーブルにつっぷしそうになった。

「三十二なんてまだまだ子供だけどね」

「ヨシアキってば、大人ぶりたいお年頃かしら」

颯子と優貴子がクスクス笑っている。

どうもこの人たち相手だと調子が狂うな、と、祥明は苦々しく思った。

この際、急用ができたことにして逃げ出すか？

いや、それではキツネ君だ。

落ち着け、立て直すぞ。

祥明は自分を叱咤激励した。

相手が母親だと思うから腹が立つんだ。

ただのお客さんだと思え。

多大な努力で、営業スマイルを顔にはりつけた。

「安倍優貴子さん」

「え？」

まっすぐに瞳をのぞきこむ。

「生んでくれたこと、そして、育ててくれたことには、心から感謝しています」

「ヨシアキ……？」

「でも大人になった息子のことを、これ以上かまうのはやめましょう。あなたの運命の相手は、そこにいる安倍憲顕さんです」

よし、決まった！

祥明は心の中でほくそえんだ。

しかし。

「ああ、それ、よく父と母にも言われるわ。もっと憲顕さんを大切にしなさい、って」

残念ながら優貴子の心にはまったく響かなかったようだ。

「そうよ優貴子ちゃん、釣った魚にエサをあげないような態度はよくないわ」

颯子の言葉に、祥明はむせそうになる。

あんまりな言われようだ。

しかし当の本人は慣れているのか、「これはくせになる味だねぇ」と、淡々とホヤのバター醬油のスパゲティを味わっている。

心のシャッターをおろしているのか、あるいは、すでに悟りをひらいているのかもしれない。

「鮫の白身フライもいけますよ。佳流穂さんにお店を選んでもらって正解でした。とてもいい鼻をしておられますね」

「ええ、嗅覚には自信があります」

春記にほめられて、佳流穂はまんざらでもなさそうだ。

「そういえば陰陽屋の瞬太君も……」

「瞬太ですって⁉　あなたもキツネの子に興味津々なの⁉」

瞬太の名前がでたとたん、優貴子は春記をにらみつけた。

「おや、優貴子さんは瞬太君のことが嫌いなんですか？」

「大嫌いよ！　ヨシアキが王子から帰ってこないのは、あの子のせいなんだから」

「別にそういうわけでは……」

祥明が反論しかけた時、春記がわりこんだ。

「優貴子さん、将を射んと欲すればまず馬を射よ、という格言がありますよ。ヨシアキ君に好かれたいのなら、まずは、瞬太君を攻略すべきじゃないのかな？」

「あっ！」

優貴子は雷にうたれたように硬直した。

「あたし、キツネの子と仲良くしないといけないの……？」

「仲良くしなくてもかまいませんが、意地悪はやめてください」

「わかった……」

優貴子はしぶしぶうなずく。

春記の適当な思いつきによるアドバイスが吉とでるといいのだが。

今にも気が遠くなりそうな祥明の目の前で、春記が佳流穂とＳＮＳのＩＤ交換をしている。

人間も化けギツネも自由すぎだ。

もはや自分にできることはない。

せめて、今夜、王子稲荷におまいりしよう、と、祥明は心に決めた。


東北の地ビールでまあまあ酔っぱらった優貴子をタクシーにおしこむと、名残惜しそうな顔で憲顕も乗車し、日暮里駅にむかっていった。

「やっと帰ったか……」

祥明は、やれやれ、と、首を左右にまわす。

「お疲れさま」

隣で春記がクスクス笑っている。

これで長い一日もようやく終わりだ。

さっさと陰陽屋に帰ろう、と、祥明が思った時。

「で、恒晴はあらわれたの？」

ずっとなごやかだった颯子の声が、急に低くなった。

長い一日はまだ終わっていなかったようだ。

祥明はなけなしの気力をふりしぼり、颯子にむかって笑みをうかべる。

「ご協力ありがとうございました。計画とはずいぶん違う形になってしまいましたが、一件落着です。この先、しばらくは、鈴村恒晴が瞬太君の前にあらわれることはないでしょう」

「燐太郎の死の真相はわかったの？」

こちらは佳流穂だ。

「恒晴を助けるため、燐太郎さんも一緒に川に落ち、亡くなったとのことでした」

「……そう。燐太郎らしいわね」

佳流穂は悲しげにつぶやいた。

「瞬太君には、そのことは伝えたの？」

「実は恒晴から、直接、話を聞いてきたのが、瞬太君なのです」

「えっ!?　あの子を恒晴と会わせたの!?　なんて危ないことを！」

佳流穂は顔色をかえて、祥明にくってかかる。

「それが、自分から恒晴の車に乗りこんだので」

「ちゃんと無事に帰ってきたんでしょうね!?」

「落ち着きなさい」

取り乱す佳流穂を、颯子が鋭くたしなめる。

「ご安心ください。無事、沢崎家に戻っています」

「よかったわ……」

ふう、と、佳流穂は安堵の息を吐いた。

「まだまだあの子から目がはなせないわね。あたしが見守らなくては」

「よろしくお願いします」

たしかに瞬太は、また、何をしでかすかわからないから、見張りがついていた方が安心である。

「ところで私からも、お二人にお尋ねしたいことがあるのですが」

「なにかしら？」

颯子の目がキラッと光った。

「祖父の安倍柊一郎（しゅういちろう）には、若い頃、篠田（しのだ）という妖狐の友人がいました。篠田を訪ねてきた颯子さんも、何度か目撃したと言っています。颯子さんは数年前、金沢で知り合った私の両親とも旅友達です。さらに私の店では瞬太君を雇っています。これは本当に、全部偶然なのでしょうか？」

「偶然でなければ、何だというの？」

颯子の言葉は高圧的だが、実は面白がっているのが金色の瞳から感じられる。

「妖狐は安倍家と何か関係があるのかと……」

安倍家の人間は妖狐の面倒をみる運命なのか、と、ききたかったのだが、いくぶん表現をやわらげてみた。

「ふふ、そうね。あたしたち一族と安倍家には不思議なご縁があるわ」

「やはりそうですか……」

「でもね、あたしたちが安倍家を見込んで、縁をつないでいるのだと期待しているのなら、大はずれよ。安倍家の人たちが、ほんの一瞬の、妖狐との縁を手放さないの」

颯子は真っ赤な唇で、不可解な言葉をつむぐ。

「どういうことでしょう？」

「あたしたちは長い時間を生き、たくさんの人間とすれ違う。でも、その一瞬のすれ違いにがっちりくいついてくるのが、あなたたちよ。たとえば瞬太君。あの子は自分から陰陽屋で雇ってくれって、応募してきたのかしら？」

「母親の霊障相談にくっついてきたんですよ。それで……」

「それで？」

「私の方から陰陽屋のアルバイトをもちかけました。ちょうど雑用係がほしかったのと、妖狐が珍しかったので」

「つまりそういうことよ。そっちの優貴子ちゃんの従弟さんもそう。さっき会ったばかりの佳流穂とＳＮＳのＩＤを交換してたわね。あなたも安倍家の学者さん？」

「ご明察恐れ入ります」

春記はまさか自分に火の粉がとんでくるとは予想していなかったのだろう。

驚いて目をみはり、頭をさげる。

「優貴子ちゃんと憲顕さんもそう。普通の人間は旅先で意気投合して、住所や電話番号を交換したとしても、帰宅して日常生活に戻れば忘れてしまうわ。でもあの人たちは、あたしから何か感じとったんでしょうね。あきれるくらい頻繁にお誘いの連絡がくる」

「そうでしたか」

なんだか申し訳ない気がして、祥明は恐縮した。

「柊一郎さんにいたっては、六十年前に目撃したあたしのことを覚えてるって、どうかしてるって言いたいわ」

「すみません、祖父はもともとひどく記憶力がいいもので」

「いい？　あたしたちが安倍家を見込んだわけじゃないから、そこを勘違いしないようにね」

「わかりました」

佳流穂にダメ押しされて、祥明は同意するしかなかった。

つまり、安倍家が妖狐のお世話係なのは、自業自得だったのである。

「安倍家は先祖代々、学者だから、あやかしにひかれるのは仕方ないよ」

春記はクスッと笑って、祥明の肩にポンと手をのせる。

「そういう春記さんだって、恒晴の指導教官だったんですよね？」

祥明はすかさず春記の手を押し戻した。

「まあ、ね。宿命だって言われると、どうも釈然としないけど、楽しいからいいんじゃないのかな」

「たしかにそう思うしかないですね」

祥明と春記は、不本意そうにうなずきあう。

「おや、もしかして、こんな事実には気づきたくなかった？　嫌になったら、いつでも妖狐とかかわるのをやめていいのよ？」

西洋の魔女のような顔で、颯子がニタリと笑う。

「私は面倒くさいことは大嫌いです。が、先日も言った通り、自分のためになら頑張れるタイプなので、お気づかいなく」

祥明は極上の甘いホストスマイルをうかべ、化けギツネの中の化けギツネに返したのであった。

十

しんしんと冷え込む夜闇の中、沢崎家の玄関先で、瞬太は秋田犬のジロの顔をじっと見つめていた。

「ジロは、今、五歳だっけ。でももう大人だよね……？」

瞬太が話しかけると、ジロは濡れた鼻先を頬に押しつけ、ペロペロなめてくる。

瞬太は両腕で、ジロの身体を抱きしめた。

寒冷地の犬種だけあって、全身ふっさふさだ。

タロはもともと瞬太より年上だった。

だから十四歳で天寿をまっとうした時、とても悲しくはあったが、どうしてこんなに早く、とは思わなかった。

でもジロは違う。

瞬太が中学生の時、ジロはまだかわいらしい仔犬で、よく夜泣きをしていた。

それがあっという間にぐんぐん大きくなって、今や散歩の時など、自分の方がお兄さんだという顔をしている。

「そろそろ晩ご飯よ。家に入って手を洗いなさい」

瞬太をよびにきたみどりが、ドアを半分ほどあけて顔をだした。

「どうしたの、そんなところにしゃがみこんで。風邪ひくわよ」

「ジロがあたたかいから大丈夫だよ」

「そう？」

みどりも靴をはいてでてくる。

瞬太の様子に不審を抱いたのだろう。

「ねえ、母さん、ジロって今、人間になおすと何歳くらいなのかな？」

「うーん、四十歳くらいかしら？」

「そうか、もう、おじさんなんだね……」

みどりもジロの隣にしゃがむ。

「急にどうしたの？」

「あとどのくらいジロと一緒にいられるのかな、って気になって」

瞬太の答えに、みどりは一瞬、眉をくもらせた。

「ジロは健康優良児だし、あと十年は大丈夫じゃないかしら」

「……十年……」

瞬太は小さな声でつぶやく。

「タロが死んだ時、母さん、すごく泣いてたよね？　どうしてまた犬を飼おうって思ったの？」

「瞬太が、また犬を飼おうよって言ったんじゃない」

「そうだけど、おれの希望を却下することもできたんじゃないかなって」

そうね、と、みどりが頭をなでると、ジロは嬉しそうに、くるりと巻いたふさふさの尻尾をふった。

「父さんといろいろ相談したの。瞬太にはきょうだいがいないから寂しいんじゃないか、とか、犬と散歩に行かないと足腰がなまる、とかね。何より、母さんも犬が好きだし。長くても十五年くらいしかジロとは暮らせないけど、そのぶん、うんとかわいがって、うんと愛して、一緒に幸せになろうって」

「母さんらしいなぁ」

そういう前向きな性格だから、王子稲荷神社の境内に置き去りにされていた赤ん坊をひきとれたのだろう。

長く共に暮らすことだけが幸せではない。

一緒にいられる時間が短いなら、そのぶん、うんと濃密な愛をそそごう、と。

自分にもそういう生き方ができるかどうかはわからないけど、みどりに育ててもらって幸せだった、と、瞬太はしみじみ思う。

「瞬太、母さんも！　もう豆乳鍋できてるよ！」

なかなか戻って来ない二人にしびれをきらして、今度は吾郎がよびにきた。

「あらごめんなさい、すぐ行くわ」

みどりが立ち上がって、返事をする。

「ほんとだ、すごくいい匂い」

瞬太はドアのすきまからただよってくる鍋の匂いに、鼻をひくひくさせる。

瞬太はもう一度ジロをぎゅっと抱きしめると、吾郎が待つあたたかな家の中にかけこんでいった。

最終話

いつも、ここで　～桜舞う季節の約束

一

三月最初の月曜日。

飛鳥高校の進路指導室で沢崎家の三人を待ち受けていたのは、クラス担任の山浦先生と学年主任の只野先生だった。

「沢崎君、補習授業の出席、よくがんばったわね。一日だけ遅刻があったのは残念だったけど」

白いスーツの山浦先生が、聖母マリアのような慈愛にみちたほほえみをうかべている。不吉だ。

「沢崎君のためにどうするのが一番いいのか、土曜日の職員会議で、他の先生がたとも相談しました」

只野先生は、いつもの生真面目な表情を崩さない。

いよいよだ。

瞬太は、ごくり、と、つばをのんだ。

「沢崎君は、仮卒業とします」

「……かり……そつぎょう？」

聞き慣れぬ言葉に、瞬太は首をかしげた。

みどりと吾郎も、とまどい顔である。

「沢崎君は、かなりがんばりましたが、やはり卒業単位が二単位たりていません。基本的な学力が不足しているためです。ですがその二単位のためだけに、もう一度三年生をやり直させるのもかわいそうだという意見が大勢を占めました」

「はあ」

「そこで、一応、卒業証書は前渡ししますが、来年度も週に一日、不足分の単位履修のために登校してください。就職先が決まっているのなら、定時制の授業で単位を修得してもかまいません」

仮卒業が認められたのは、開校以来初めてのことで、特例中の特例だという。

もっとも、出席日数がたりているのに、卒業単位がたりない生徒というのも、開校以来初めてらしいが。

「じゃあ……じゃあ、卒業式にはでられるんですか!?」

勢い込んで尋ねたのは、みどりである。

「はい。条件つきですが、高校は卒業です。卒業式の日は遅刻しないように来てください」

「ありがとうございます！」

三人は声をそろえて、頭をさげたのであった。


廊下へでて、瞬太は、うーん、と、両手をのばし、胸いっぱいに酸素をすいこんだ。

なにもかもが、かぐわしい。

「よかったわね、瞬ちゃん！」

みどりは感極まって、涙ぐんでいる。

「まさか卒業できるとはなぁ……。もしかして夢を見てるのかな？」

吾郎はまだ信じられないといった顔で、自分の頬をつねった。

「なんだかいい匂いがするし、夢かも……？」

鼻をくすぐる久しぶりのこのいい匂いは、三井春菜のシャンプーの匂いだ。

三井が学校に来ているはずはないのに。

「おれ、ちょっと陶芸室のぞいてくる！　父さん、母さん、ありがとう！」

「えっ、瞬ちゃん!?」

瞬太は廊下をかけだした。

陶芸室の戸を細めにあけて中をのぞくと、制服の上からエプロンをつけた三井が、細い指で粘土をこねている。

また少しやせたのではないだろうか。

「あれ、沢崎君？　まだ補習受けてるの？」

瞬太に気づいた三井が、びっくりして大きな目をみはった。

「今日は三者面談だったんだ。三井は？」

「明日から芸大の実技試験なんだけど、落ち着かなくて。ちょっと粘土をさわりにきちゃった」

「実技試験があるんだ。お皿を焼いたりするの？」

「ううん、明日の一次試験は鉛筆デッサンだけ。ここで半分以上落とされるの。二次試験は立体表現と平面表現かな」

なんのことだかよくわからないが、とにかく皿や湯呑みをつくるわけではないようだ。

「三井が勉強したいのは陶芸なのに？」

「デッサンはすべての美術の基本っていうことみたい。予備校の先生にも、土をさわる時間があったら一枚でも多くデッサンを描かなきゃだめだよって言われた」

そういえば、よく三井は白いブラウスの袖に薄黒い鉛筆の汚れをつけていた。昼休みも描いていたのだろう。

「あたし、中学では美術部だったし、デッサンまあまあ得意なつもりだったんだけど、予備校の先生にダメ出しされてばっかりなんだ。さすがにストレスたまっちゃった。早く思いっきり、ろくろをまわしたいなぁ」

三井は、ふう、と、ため息をついた。

よく見ると、頬に粘土がついている。

三井は本当に陶芸が好きなんだな、と、瞬太はほほえましく思う。

「私立の美大は受けなかったの？」

「二校受けたうち、一校は受かったよ」

「おめでとう！　それなら芸大がだめでも、陶芸に復帰できるね」

「うん、そうだね」

三井は少し、困ったような顔をした。

しまった、芸大がだめでも、なんて、無神経なことを言っちゃだめじゃないか、と、瞬太は反省する。

「ところで沢崎君の三者面談って……」

「あっ、おれ、仮だけど卒業できることになったんだよ！」

「えっ、そうなの!?　おめでとう！　よかったね！」

三井の顔がぱあっと明るくなる。

「ビッグニュース！　みんなに知らせなきゃ！　ところで仮って、どういうこと？」

「へへへ」

瞬太はちょっと恥ずかしそうな笑顔で、事情を説明したのだった。

二

陰陽屋（おんみようや）へ行くと、店の奥のテーブル席で祥明（しようめい）がコーヒーを飲んでいた。お茶うけは権現坂（ごんげんざか）にある洋菓子店のキツネサブレである。

　お客さんがいない時はいつも休憩室のベッドにねそべって本を読んでいるのに、珍しいこともあるものだ。

「どうしたんだ？」

「仮卒業おめでとう。さっきみどりさんと吾郎さんが来て、菓子折をおいていった」

「ああ、それで」

　コーヒーとサブレのいい匂いがまっさきに鼻にとびこんできたが、まだ二人の残り香も店内をただよっている。

「王子稲荷（おうじいなり）のご加護でなんとかなるだろうとは思っていたが、まさか仮卒業とはな。特にみどりさんがたいそう喜んでいたぞ」

「どうせなら仮じゃなくて、本当の卒業をしたかったよ。あの遅刻さえなければなぁ。卒業してからも毎週一回、授業を受けに高校に通わなきゃいけないんだ。定時制の授業でもいいって言ってくれたのは助かるけどさ」

　瞬太はぼやきながら、キツネサブレを一枚もらって頬張った。

「みどりさんとしては、そこがよかったんだよ」

「え？」

「週一とはいえ来年度も飛鳥高校に通うわけだから、少なくともあと一年間は沢崎家で暮らすことになった、ってな。もしかして、お稲荷さまのご加護があついのは、キツネ君じゃなくてみどりさんの方かもしれないぞ」

「ああ……」

「母親としては、高校は卒業してほしい、中退だけは避けたい、でも息子が家からでていくのは寂しくてしかたがない、って、板ばさみだったんだろうな」

「そうだったのか……」

自分が両親からたくさんの愛をそそがれ、大事に育てられてきたのはよくわかっている。だからこそ、迷惑をかけたくないとも思う。

「あと一年くらいなら、王子にいても大丈夫かな……？　化けギツネは時間の流れが違うらしいんだけど……」

「やっぱりそのことを気にしていたのか。おとといも葛城さんに、人間と暮らしたことがあるか、と、聞いていたな」

「うん。ずっとこのまま沢崎家にいたら、父さん、母さんに迷惑がかかっちゃう」

「呉羽さんがはじめて陰陽屋に来た時も、そんな話をしていたな。だがそれは、呉羽さんがおまえと暮らしたいから言ったことだろう」

「どういうこと？」

「呉羽さんが嘘をついているとは言わないが、おまえが本気で努力すれば、いくらでも外見年齢はごまかせるということさ。春記さんのお母さんなんか、たゆまぬ努力で、二十歳以上若く見せてるぞ」

「蜜子さんは、エステとジムに通いまくってるもんな」

たしかに蜜子の若さと美貌にかける努力は大変なものだ。

ライフワークと言ってもいい。

「さらに言えば、おれの母もかなりの若作りだ。あれはエステじゃなくて、化粧品とサプリの力らしい」

「そうなのか」

「同じように、ホストは若く見せたり、逆に大人っぽく見せたり、お客さんの好みにあわせて外見年齢をかえる。場合によっては整形もいとわない。おまえもこのまえ、ドルチェから帰ってきた時に、ずいぶん雰囲気がかわっていたってみどりさんが驚いていたぞ」

「あれは雅人(まさと)さんが……」

ドルチェで皿洗いをした時に、雅人たちが、髪形や着こなしを大人っぽく、かつ、おしゃれにアレンジしてくれたのだ。

「……そうか、そういうことか！」

「小柄で童顔の大人なんて珍しくない。髪形や、服装、さらに言葉づかいや立ち居振る舞いを大人っぽくするように努力すれば、この先五年や十年は違和感なく王子にとどまることができるはずだ」

目からウロコがおちたような気がする。

女性のアンチエイジングはもはや常識だが、逆は考えたことがなかった。

「おれ、がんばるよ……！」

十年後。みどりと吾郎は五十代だ。

きっと二人ともまだまだ元気だろう。

でも、二十年後、三十年後は？

またも恒晴(つねはる)の呪いの言葉が、瞬太の脳裏をかすめる。

「でも……」

「まだ何かひっかかってるのか？」

「犬が……」

「犬？」

祥明に言ってもいいのだろうか。

祥明だって、一応、人間だ。

いやでもこんなこと、鋼のメンタルをほこる祥明にしか話せない。

「祥明も昔、ラブラドールレトリバーを飼ってたって言ってたよな。ジョンだっけ？」

「ああ。それがどうした？」

「恒晴が言ってたんだ。犬って、あっというまに仔犬が成犬になって、二十年たたないうちに死んじゃうだろう？　そんな感じで……化けギツネと人間も、時間の流れが違うから、人間と暮らすのは、だんだんつらくなるって」

だんだん瞬太の声が小さくなり、最後はささやきに近くなる。

こんな話をされて、さすがの祥明も不愉快に違いない。

瞬太はうつむいて、両手をぎゅっと握りしめた。

しかし。

「キツネ君、だまされてるぞ」

祥明はあきれ顔で扇をひらいた。

「う？」

「化けギツネの寿命がどのくらいのものか知らないが、おれは別に二百年も三百年も生きたくない。百年でももてあますくらいだ。それを、長くてもせいぜい百年ちょっとしか生きられないかわいそうな生き物だと哀れまれても、余計なお世話だとしか思えないね。そもそもおまえは、何百年生きる気なんだ？」

「ええと、そう言われてみれば、たしかに、百年はかなり長いかも……？」

「いいか、いまや日本人の平均寿命は、男女ともに八十歳をこえている。女性は遠からず九十歳に届くだろう。もちろん中には幼くして亡くなる人もいるが、必ずしも天寿をまっとうできないという点では、化けギツネも同じだ。現に燐太郎さんは、川の事故で亡くなったそうだし。なので今は、平均寿命で話をする」

「お、おう」

久しぶりに祥明の学者スイッチが入ったようだ。

「化けギツネがどう思おうが自由だが、こちらは寿命が八十年でも全然つらくない。もしおれが八十歳でお迎えがきたときに、おまえが、こんなに早く死ぬなんてかわいそうになんて言ってみろ。おれはきっと、何を言ってるんだこのトンマめ、と思うだろう」

「トンマって……」

瞬太はあっけにとられた。

五十年後、祥明なら本当に言いかねない。

「えっと……じゃあおれ、このままずっとあの家で、父さん、母さんと暮らしてもいいってこと?」

「だからそう言っている」

「そっかぁ……」

急に肩の力が抜けて、呪いから解き放たれたのを感じた。

うまいこと舌先三寸でまるめこまれたような気もするが、このままくよくよ悩み続けるよりははるかにましだ。

八十歳の祥明に「このトンマめ」と、ばかにされないためにも、おれは自分からすすんでまるめこまれるぞ。

「ところでキツネ君、永遠に結婚できない方向で話がすすんでいるがいいのか？」

「へっ!?」

「春記さんみたいに、いい年をした男が、いついつまでも実家暮らしというのはどうかと思うぞ。とはいえ、キツネ君に結婚や、ましてや、ひとり暮らしは無理か」

「勝手に決めるなよ！　おれだって、その気になれば、ひとり暮らしくらいできるさ！　結婚だって、相手さえいれば……みつかれば……たぶん……」

「ふーん？」

祥明は、口もとを扇でかくして、クックッと笑う。

「春記さんだって、山科(やましな)家があんまり快適すぎるから、ひとり暮らしをしないだけだよ。あそこのスーパー家政婦さんはすごいんだから」

超絶美味なフレンチトーストとパンケーキについて瞬太が語ろうとした時、階段をかけおりてくる靴音が聞こえた。

靴音の主をあてるまでもなく、黒いドアがいきおいよく開く。

「聞いたぞ、沢崎！　卒業できるんだって⁉」

同級生の江本だった。

かなり興奮ぎみである。

「え、どうして知ってるの？」

「三井が教えてくれたんだ。今ごろはクラス全員、その話題でもちきりだよ。よかったな！」

「ありがとう。でも条件付きの仮卒業なんだ」

「大丈夫だよ。今までだって、ずっと仮進級だったけど、結局、落第しないで卒業式にこぎつけたじゃないか。本当に沢崎は……」

お稲荷さまのご加護があつい、と、言われるのだろうと思ったら。

「よくがんばったよ！」

「えっ」

江本にぎゅっとハグされ、背中をバンバンたたかれて、嬉しいが痛い。

「お、早速やってるな」

江本に続いて到着したのは岡島だ。

「よかったな、沢崎！　卒業祝いに、おれのイチオシの写真集をプレゼントしてやるよ」

「やった！　そういえば岡島は入試どうだった？」

「おれか？　おれは……」

　岡島の小さな目が泳ぐ。

「そろそろ本当のことを白状してもいいんじゃないのか？」

　祥明に言われて、岡島は、まいったな、と、頭をかいた。

「やっぱり店長さんには、ばれてたか」

「え、なにが？」

　瞬太と江本は首をかしげる。

「君だけ、学業成就の護符を買いに来なかったからな」

「そりゃ、王子稲荷のお守りの方が頼りになるからだろ？」

「いや、そういうんじゃなくて」

　岡島なのに、珍しく言いづらそうだ。

「おれさ、けっこう前に推薦入学が決まってたんだ。でも同級生に話したらゴクモンだって、みかりんが真顔でおどしてくるから、誰にも言えなかったんだよ。すまん」

「ゴクモンってなんだ？」

「よくわかんないけど、ぶっ殺すとかそんな感じ？」

「うひひ、そりゃこわいな」

江本がニヤリと笑う。

「でもとにかく、おめでとう！」

二人は岡島の広い背中をバンバンたたいて祝福した。

「あともうひとつ、おまえらに言ってなかったことがあるんだけど」

「この際、全部白状しちゃえよ」

「そうだそうだ」

江本が左側から、瞬太が右側から、岡島のむっちりした頬をつつく。

「おれ、予備校で知り合った他校の女子とつきあってるんだ」

岡島の爆弾発言に、瞬太と江本は愕然とした。

まさに青天の霹靂（へきれき）である。

「……ゴクモンだ！　ゴクモン、ハリツケ、サカサヅリだ!!」

江本はムキーッと逆上して、岡島をポカポカ殴る。

「なにやってんの？」

あきれ顔であらわれたのは、倉橋だった。

どうやらアジアンバーガーにいたらしく、片手にガパオライスバーガーを握っている。

倉橋に一分遅れて到着したアジアンバーガーの店員、竹内慎之介は、「お祝いだよ」と、瞬太の大好物の鶏唐揚げとフライドポテトを大量にかかえてきてくれた。

ふかしたてのスペシャル紅白まんじゅうを持ってきてくれたのは、上海亭の江美子だ。白い方が肉まんで、ピンクの方が新作の春限定あんまん。どちらもかわいい狐の焼き印入りである。

「うちの店でラーメンを食べていた岡島君が、突然、奇声を発して立ち上がったから、なにごとかと思ったら、瞬太君の卒業が決まったっていうじゃない。ついにやったわね！」

「この肉まん、狐の行列の限定品だよね？　わざわざつくってくれたの？　ありがとう！」

「まえ瞬太君が一度食べてみたいって言ってくれたから。今日は特別よ」

「高校の卒業が決まっただけで、ここまで祝ってもらえるなんて、どれだけみんなに心配されてたんだ」

祥明はあきれ顔で感心しながらも、ちゃっかり、新作のあんまんに手をのばす。

その後も、いろんな人が続々と陰陽屋にあらわれて、瞬太の卒業を祝ってくれたのであった。

三

翌日の午後三時ごろ。

瞬太が陰陽屋の階段でほうきを動かしていると、ひんやりとした春風が、かすかな樟脳(しょうのう)の臭いをはこんできた。

昔風のトレンチコートを着た、姿勢のいい老婦人が商店街を歩いてくる。

プリンのばあちゃんこと、仲条律子(なかじょうりつこ)だ。

「いらっしゃい！」

瞬太は大きく右腕をふって、声をかけた。

律子は瞬太のことを孫のようにかわいがっていて、祥明ではなく瞬太めあてで通ってくる、ただひとりの常連客でもある。

「瞬太ちゃん、こんにちは。新作の苺（いちご）プリンよ」

「ありがとう。お茶をいれるから、待っててね」

瞬太は店の奥にあるテーブル席へ律子を案内すると、休憩室にひっこんだ。

いれかわりに祥明が、営業スマイルで店へでる。

「律子さん、こんにちは。陰陽屋へようこそ。いつもおいしいプリンの差し入れをありがとうございます」

「こんにちは。ところで、瞬太ちゃんの卒業はどうなったの？」

律子は声をひそめて、祥明に尋ねた。

さすがに板橋区（いたばし）までは、噂は届かなかったらしい。

「ご心配おかけしましたが、なんとか卒業できることになりました」

「そう、ほっとしたわ。ここのところ瞬太ちゃん、元気がなかったから、心配していたのよ。でも、ついこのまえ高校に入学したと思ったら、もう卒業だなんて、早いものね。寂しくなるわ……」

瞬太はポットでお湯をわかしながら、いぶかしんだ。

律子は何を寂しがっているのだろう。

瞬太が高校を卒業すると、もう、孫あつかいできなくなるということだろうか。

大人の男と認めてもらえるのは嬉しいが、手作りプリンの差し入れは続けてほしい、と、ジレンマを感じる。

いつもプリンのご相伴にあずかっている祥明だって、残念にちがいない。

だが祥明は、全然違うことを気にしていたようだ。

「ご主人と何かありましたか？」

「いえ別に。主人はあいかわらずですよ。調子がいい時もあれば、悪い時もあり。娘の杏子(きょうこ)が心配して、時々うちに来てくれるから、こうしてでかけることもできるし」

律子の夫は、軽度の認知症なのだ。

「でも、親の世話なんかしていて、杏子がこのまま結婚しそびれてしまったらと思うと、それはそれで心配なのよ。もうすぐ四十歳だし。でも杏子ったら、あたしは舞台と結婚してるから男はいらないの、なんてかっこつけちゃって」

杏子は全国を巡業する旅の一座の看板女優なのである。

「律子さんのご心配もわかりますが、最近は晩婚化がすすんでいますから、四十代どころか、五十代で結婚する人も珍しくありませんよ」

祥明が優しくなぐさめる。

「どうしても気になるなら、杏子さんの運勢を占ってみましょうか？」

「そうね、たまには占ってもらおうかしら」

いつもならきっぱり断る律子が、珍しく占いを頼んだので、瞬太はびっくりした。

これはよほど心に迷いでもあるのだろうか。

杏子の生年月日を聞いた祥明は、「壬（みずのえ）、傷官（しょうかん）、正官（せいかん）か」と、興味深そうにつぶやいた。

「四柱推命によると、杏子さんは、仕事運も、金運も恵まれていますし、結婚のチャンスも何度かめぐってきます。日柱が壬の人は、男女ともに、恋の多い、いわゆる恋愛体質です。その上、きれいな方ですから、ご両親に内緒で交際している人がいるかもしれません。ただ、結婚生活は苦労の多いものになるでしょう」

祥明はさらさらと占った。

ここまでは本やネットで占うのと同じだ。

「内緒の恋人がいる気配は皆無ですよ」

律子は、フン、と、鼻をならした。

これだから占いはあてにならないのよ、と、言わんばかりである。

「最近なにかかわったことはありませんか？　急に優しくなったとか」

「優しくはなりましたけど、それは夫の認知症を知ったからでしょう」

「気分転換に公演を見に来たら、って、チケットを渡されたことはありますか？」

「たまたまさっき、来週の公演のチケットを二枚渡されましたよ。調子がいいようなら

お父さんも、って」

祥明は扇をひらくと、意味深なほほえみをうかべた。

「外堀かもしれませんね」

「外堀？　……まさか、劇団員とつきあってるのかしら!?」

律子は驚きと困惑が入り混じったような声をあげた。

「一年中、一緒に旅をしている仲間なんですよ。恋愛関係に発展するのは、むしろ当

然でしょう」

「……劇団といっても、杏子のいる一座は本当に小さなところで、お給料もでたりでなかったりだって言ってました。みんなアルバイトで食いつないでるんだって。そんな状況で結婚して、子供ができたら、そりゃあ苦労するに決まってますよ」

　この世の終わりだと言わんばかりである。

　同じ職場だと話題もあうし、結婚したら女優を引退して家庭に入ってくれなんて言われる心配もないし、悪いことばかりではないと思うのだが、律子の頭は今、悲惨な想像でいっぱいだ。

　最初に祥明がふきこんだ「結婚生活は苦労の多いものになる」の影響だろう。

「律子さん、莫妄想（マクモウソウ）ですよ」

「えっ？」

「先々のことまで心配しすぎです。杏子さんに恋人がいたとしても、結婚するとは限りません」

「そうね。でも、一瞬とはいえ、結婚したら不幸になるに違いない、なんて思ってしまう日がくるなんて……」

　苦々しい口調で律子はぼやいた。

「相手の職業にかかわらず、そもそも現代日本では、配偶者がいる女性より、いない女性の方が幸福度が高い、という統計結果がでていますからね」

さらに祥明は追い討ちをかける。

「本当に？」

「世界的にも珍しい現象だそうです。もし杏子さんの幸せを願うのであれば、むしろ、本人が結婚を切りだした時に、そんなに不幸になりたいのか、と、全力で反対すべきかもしれません。もっとも恋に目がくらんでいる女性は、不幸になってもいいから好きな人と結婚する、と、言いはるものかもしれませんが」

「そんなばかなこと、うちの娘にかぎって…………あるかもしれない」

律子は暗い声でうめくように言った。

なにせ杏子は昔、つきあっていた男性との交際を父親に反対され、大喧嘩して家出し、旅の一座にころがりこんで舞台女優になったという、豪快な経歴の持ち主なのである。

「あの子は昔から、言い出したらきかない子だったわ。昔、家出した時もそうだったし……」

律子は深々とため息をついたかと思うと、急にしゃっきりと背筋を伸ばした。

「要するに、あの子には何を言っても無駄なのよ。どんなに反対しても結婚する時はするし、したくない時にはしない。思い出させてくれてありがとう」

どうやら何かを悟ったらしい。

「大切なのは常日頃からのコミュニケーションですよ。もっと杏子さんと話をする時間をふやすことをおすすめします。デイサービスを定期的に利用されてはいかがですか？」

「検討してみます」

祥明のワンポイントアドバイスがでたところで、占いは一段落だ。

瞬太は三分たったことを確認して、湯呑みに紅茶をそそぐ。

「お待たせ」

瞬太がお盆に湯呑みを三個のせてはこんでいくと、律子がいかつい顔に、笑みをうかべた。

今の話を聞いてしまったせいか、なんとなく表情がさえない気がする。

「瞬太ちゃん、本当に紅茶をいれるのが上手になったわね」

「ばあちゃんの教え方がいいからだよ」

「そう？　嬉しいわ」

瞬太も椅子に腰をおろすと、律子の新作プリンをひとくち、スプーンですくった。

本物の苺を使ったのだろう。きれいなピンクに、小さなツブツブがまじっている。

てっぺんには、白い生クリームの飾りがついた真っ赤な苺がひとつぶ。

苺の甘ずっぱい香りと、生クリームの甘い香り。

「ん〜〜っ、ピンクの苺プリン最高においしいね！　見た目もかわいいし、今までの最高傑作じゃない？」

瞬太は幸せいっぱいの笑顔になった。

唇には生クリームがついている。

「あら、そこまでほめられると、照れるわねぇ」

「おれ、ばあちゃんのプリンが世界で一番好きだから、おれが大人になっても、ずっと作ってくれたら嬉しいなぁ、って思ってるんだ。かわりにハンドマッサージするから。……図々しいかな」

瞬太はさすがに恥ずかしくなって、ふさふさの耳の裏をかいた。

「ありがとう。でも、瞬太ちゃん、高校を卒業したら、進学か就職かするんでしょう？　陰陽屋のアルバイトはやめるんじゃないの？」

「う!?」

律子のもっともな問いに、瞬太はプリンをのどにつまらせそうになる。

それで律子は、寂しくなると言ったのか。

いやでも、考えるまでもなく、律子の言った通り、高校を卒業したら、進学なり就職なりするのが一般的だろう。

只野先生にも、就職先が決まっているのなら定時制の授業でもいい、と言われたし。

祥明は今にもふきだしそうな顔をしている。

「もしかして、浪人するのかしら？　別に恥ずかしがることありませんよ。長い人生で一年やそこら浪人しても、どうということはありません。逆に臥薪嘗胆(がしんしょうたん)の一年は、きっといい経験になります」

「えっと……それが、実は、ギリギリまで卒業できなそうな雰囲気だったから、四月からどうするか、何も決まってないんだよね」

嗅覚の修業のため王子をはなれよう、なんて考えていたこともあったが、沢崎家にいられることになった以上、その選択肢はない。

「あ、週に一回は、学校に行くけど、それ以外の日はあいてて……。だから、おれ、このまま陰陽屋のアルバイトを続けたいんだけど……」

瞬太はドキドキしながら、祥明にむかって言った。

もしだめだって言われたらどうしよう、と、緊張で心臓が早鐘をうっている。

「もちろんいいに決まってるじゃない！　ぜひそうなさい！」

力強く答えたのは律子だった。

「えっと、祥明は……？」

「いいわよね!?」

律子は祥明に、いかめしい顔で、めいっぱい圧力をかける。

「キツネ君が続けたいのなら、断る理由はありません。うちとしてもマスコット式神(しきがみ)が必要ですから」

祥明がにっこりとほほえむと、瞬太は気が抜けて、へにょへにょとへたりこんだ。

「よ、よかったぁ」

「本当によかったわね！」

律子は大きく両手をひろげて、瞬太を抱きしめた。

瞬太は樟脳の臭いに鼻を直撃され、頭がくらくらするが、なんとか耐える。

「祥明さんに教えてもらった、マクモウソウの呪文を唱えて、四月から先のことは考えないようにしていたの。先々の心配ばかりしても、つらくなるだけで、いいことはひとつもないからやめなさい、って。その通りだったわ！」

「ありがとう」

「あたしも嬉しいわ。四月からもここに来れば、瞬太ちゃんに会えるのね！」

「うん。おれ、占いとか全然できないけど、ハンドマッサージはできるから」

「瞬太ちゃんはいてくれるだけでいいのよ」

「そうなの？」

「そうよ。いてくれればいいの」

よかった、本当によかった、と、何度も律子は繰り返した。

四

翌日の夜遅く。

風呂上がりの瞬太が髪をかわかしていたら、携帯電話に、葛城から着信があった。

水曜夜の習慣なのだ。

「その後、恒晴さんから何か連絡はありましたか？」

叔父だとわかってからも、葛城の口調はいつもていねいで、優しい。

「ううん、全然ないよ。もう佳流穂さんが東京に戻ってるし、恒晴がおれに近づいてくることはないと思う」

「そうですか。安心しました。ところで……」

葛城は少しいいよどんだ。

「土曜日の別れ際に、瞬太さんは私に、人間と暮らしたことがあるかと尋ねましたよね？」

「あ、うん……」

　瞬太の声は、自然と低くなる。

「あのあと、ずっと気になっているのですが、もしかして、瞬太さん、結婚したい人がいるんですか？」

「へ？」

「だから突然、あんな質問をしたのかと思ったのですが」

「ち、違うよ。結婚なんて。おれ、まだ、十八歳だし。いや十八歳で結婚する人もたまにいるけど、おれは違うから」

　瞬太はあせって否定した。

　どうしてそういう発想になるのだ。

「違うのですか？　てっきり瞬太さんも、人間のことを好きになってしまったのかと早合点してしまいました。人間と恋仲になる妖狐は多いものですから」

「うっ……」

　葛城の言葉に、瞬太は思わず、胸をおさえて前かがみになる。

　漫画なら血を吐いているところだ。

「……好きな娘は……いるよ。だけど、片想いなんだ……。はっきり、ふられたし

「……」

なにせ三井が好きなのは祥明なので、結婚なんて夢のまた夢である。

「そ、そうでしたか。これは失礼、いや、十八歳なのですから、好きな人がいるのはあたりまえですよね」

葛城は電話のむこうで、どぎまぎしているようだ。

「そういえばキツネは惚れっぽいんだっけ……」

思わず瞬太は、遠くを見るような目をしてしまう。

最初に聞いたのは、たしか、祥明の祖父の安倍柊一郎(あべしゅういちろう)からだった。

学生時代に友人だった化けギツネの篠田(しのだ)が、惚れっぽい男だった、と。

「そもそも妖狐は、人間にまじって暮らしているので、どうしても身近な人のことを好きになってしまいがちなのです」

「でも、化けギツネが人間と結婚するって、無理だよね。寿命の長さが違うし……」

またも恒晴の呪いの言葉が、瞬太の脳裏をぐるぐるかけめぐる。

祥明には、きっぱりと、余計なお世話だと言われたが。

「それでも人間と結婚する妖狐は、あとをたちません。なかには子供にめぐまれ、どちらかの寿命がつきるまでそいとげる夫婦もいるんですよ」

「そいとげるって、そんなこと……」

無理に決まってる、と、言いかけて、何かがひっかかった。

あれ、そういえば、人間と結婚した化けギツネが……

誰だっけ……？

「いた！　竹内さんのお祖父さんだ！」

興奮して、つい、大声をだしてしまう。

アジアンバーガーの店員である竹内慎之介の祖父は、化けギツネだったのだ。

もう二十年以上前に亡くなったが、とても身軽で、鼻がきいて、無器用で、うっかり者で、娘たちにちょくちょく尻尾を目撃されていた。

そして、人間の妻とはとても仲が良かったという。

「でもさ、化けギツネと人間じゃ、年をとるスピードも違ったはずなのに、どうやってまわりの人たちの目をごまかしてたんだろう。しかも、化けギツネなのに、日本人の戸籍を手に入れて、正式に結婚してたっていうからすごいよね」

「おそらくですが、好きな人と結婚するためなら、何だってできるんですよ。瞬太さんだって、好きな女の子に結婚しようって言われたら、断らないでしょう？」

「えっ!?」

瞬太は口から、心臓がとびだしそうなくらい驚いた。

想像しただけで、頭から湯気がでそうだ。

「そ、それは……断れないよ」

自分からプロポーズする勇気はないが、何かの間違いで、三井の方から結婚しようと言ってくれたら、絶対にＯＫする。

三井と一緒に暮らせる時間が、八十年もあるなんて夢のようだ。

もしかしたら、ほんの一、二年で、やっぱり別れてって言われるかもしれないけど、それでもかまわない。

全力で、わざと老けて見える格好をしよう。

なんなら、老け顔にする整形をうけるのもありだ。

竹内さんのお祖父さんがやれたのなら、おれにだってやれないことはないだろう。

そうだ、竹内慎之介の妹の由衣が見せてくれた写真に、お祖父さんとキャスリーンが一緒にうつっていた。

キャスリーンは、たぶん、お祖父さんと知り合いだったんだろうから、なにか裏技を聞いているかもしれない。

「おれ、がんばって、人間と暮らせるようにする！」

「その心意気ですよ、瞬太さん」

「ありがとう！」

結婚は夢だとしても、みどりや、吾郎や、高坂や、大好きな友人たちとともに、ずっと王子で暮らしていきたい。

やれるか、やれないかじゃない。

まずは、何がなんでも一緒に暮らすっていう気合いが大事だ。

「あ、そうだ。おれ、条件つきだけど、高校を卒業できることになったよ！」

「それはおめでとうございます」

「もう絶対に無理だと思ってたから、自分でもびっくりしてるんだ」

「何よりです。それで、卒業後はどうするんですか？　本気で嗅覚の修業を？」

「うーん、学校へ行きながら陰陽屋のアルバイトも続けるし、がっつり修業するのは無理かな」

「そうですか」

　葛城は少し残念そうだ。

　瞬太にいろいろ教えたかったのかもしれない。

「でも、おれ……。えーと、一応、ぼんやりとしたイメージはあるんだけど……。ちゃんと決まったら話すね」

「楽しみにしています」

　その夜、瞬太は興奮しすぎて、なかなか眠りにつけなかったのであった。

五

　桜のつぼみが大きくふくらんできた三月七日。

　沢崎家は早朝からおおさわぎだった。

「瞬ちゃん、大変！　すごくかっこいいお兄さんたちがいらしてるわよ！　おきて、おきて！」

　みどりに布団をはぎとられて、瞬太は重いまぶたを少しだけあけた。

「うぅ……？」

枕もとの目覚まし時計を見ると、まだ六時だ。

こんな時間にいったいだれが……。

「勝手にあがらせてもらったぞ」

このよく通るセクシーな声に、さわやかな柑橘系の香りは……！

瞬太はガバッと上半身をおこした。

「ま、雅人さん……に、ホストさんたち!?　どうしてうちに？」

瞬太の目の前に立っているのは、長身の、筋肉質だが細身のはなやかな美青年である。クラブドルチェの元ナンバーワンホストで、現在はフロアマネージャーをつとめる雅人だ。その背後には、同じくドルチェのホストたちの姿が見える。

仕事帰りなのか、ホストたちはみな、てらてらした白服や黒服姿だ。ネックレスや指輪などのアクセサリーもつけて、はなやかに装っている。

「さっさとおきろ。今日は卒業式だろう？」

「えっ、な、なに？　祥明のさしがね？」

「葛城さんに頼まれたんだ。今日は瞬太君の晴れの日だから、ビシッと決めてやってくれってね。おれひとりで十分だったんだが、こいつらも一緒に来たいっていうから連れてきた」

「僕たちは荷物持ちだよ」

小悪魔系ホストの綺羅が、大きなかばんからドライヤーや化粧ポーチをだして見せる。

「えっと……おれ、卒業式が今日だって、葛城さんに言ったかな？」

「行事の日程くらい、学校のホームページを見ればすぐにわかります」

メガネのつるを中指で押し上げながらほほえんだのは、執事系ホストの朔夜だ。

「そっか……。えと、でも、とりあえず制服に着替えるから、みんな一階で待っててくれる？」

「そうですね、みなさん下へどうぞ。コーヒーでいいですか？」

みどりは頬をピンクに染め、声をうわずらせている。

はじめて陰陽屋で祥明を見た時のようなうろたえ方だ。

五分後、瞬太が高校の制服に着替えて一階のリビングルームへおりると、そこはすっかり異世界だった。

ダイニングテーブルでコーヒーを優雅に飲んでいるホスト、こたつに入ってみかんを食べているホスト、庭にでて犬のジロと遊んでいるホストもいる。

「よし、はじめるか」

雅人の一声を合図に、ホストたち全員がさっと瞬太のまわりに集合した。

瞬太は椅子に腰かけさせられると、制服を汚さないよう、首から化粧ケープがわりのバスタオルをかけられる。

まるで散髪してもらう子供のようだ。

雅人が指示をだすたびに、てきぱきとホストたちが動く。

「ホットタオル」「化粧水」「スチーム」「お湯」「ドライヤー」などなど。

さすがのチームワークである。

瞬太がうとうとしている間にもあれこれと作業はすすみ、ふと気がついたら、バスタオルをはずされたところだった。

「鏡」

雅人が言うと、白服の燐がさっと手鏡を瞬太の前にさしだした。

「あ、ありがとう」

瞬太は鏡をのぞきこむ。

鏡にうつった自分は、このままクラブドルチェで皿洗いをした時ほどの派手な感じはなかったが、卒業式でうかない程度の、絶妙の髪形に仕上がっていた。

顔もいつもよりずいぶんキリッとして見える。

「あれ、顔が……？」

瞬太の問いに、雅人がうなずく。

「眉を整えたんだ」

「へぇ」

体育会系ホストの武斗が、眉をカットして、キリッとさせてくれたのだそうだ。

「眉山を描きたして、もっとくっきりした形にすることもできるが、いつもの顔と違いすぎるのも妙だから、カットだけで止めさせた」

「眉を描きたして、大人っぽくすることもできるの？」

「ああ。試してみるか？」

「ううん。今日のところはこれでいいよ。また今度教えて」

たぶんメイクは校則違反だから、せっかくの仮卒業が取り消される危険がある。

「よし、じゃあ完成だな。撤収するぞ」

雅人が立ち上がると、ホストたちもいっせいにあとに続き、全員、玄関からぞろぞろと出ていった。

「長生きすると、いろいろ不思議な経験をするものだなぁ……」

誰もいなくなった玄関を見ながら、吾郎がしみじみとつぶやく。

沢崎家の三人は、狐につままれたような気分で、いつもの朝食をとったのであった。

午前七時。

雑居ビルの地下にある陰陽屋は、まだ真っ暗で、静まり返っている。

休憩室のベッドで熟睡している祥明を、突然、ガンガンという騒音が襲った。

誰かがドアをたたいているらしいが、当然無視である。

こんな時間に来る方が悪い。

布団を頭からかぶってやりすごそうとした祥明に、聞き覚えのあるいい声がとびこんできた。

「おきろ！　ショウ！　いるのはわかっているぞ！」

「……雅人さん……!?」

祥明はとびおきると、パジャマ兼用のてらてらした部屋着のまま、店の入り口にむかい、黒いドアをあけた。

冷たい空気が店に流れこんできて、凍えそうになる。

「よう、おきたか」

雅人はニヤリと笑った。

「はい……おはようございます……」

うなずきながら、ぼさぼさの長い髪を手でなでつける。

「いったい、なにが……」

「さっき、ホストたちと一緒にアルバイト少年の家に行って、髪や顔を仕上げてきた。卒業式用に大人っぽくしてやってほしいと葛城に頼まれたんだが、どうせおまえの入れ知恵だろう」

「あ、いや、入れ知恵というほどでは。キツネ君が童顔を気にしているようだが、卒業式くらいなんとかならないかと、葛城さんに言っただけで」

「ふん、まあいい。従業員の悩みを解決してやるのも雇用主のつとめだからな。おまえにしては気のきいた計らいだった」

「それはどうも……」

　祥明は恐縮する。

「店の中もちゃんと掃除が行き届いているし、あの坊やはなかなかの働き者のようだな」

　雅人は店内を鋭い視線で一瞥して、満足げにうなずいた。

「掃除は好きだと、自分でも言っていました」

「ほう、今どきの学生アルバイトにしては珍しいな」

「そうかもしれません」

「あの坊やを雇って、何年になる？」

「三年半です」

「けっこう続いているじゃないか。いい子を見つけたな」

　雅人は満足げにうなずく。

「あの年頃の従業員は、いろいろ難しいからな。すぐ人生に迷うし、恋に溺れるし、女にだまされてすっからかんだ。かと思うと甘っちょろい夢を語ったり、いきがって社会批判をしたり、ちょっと説教するとすぐ辞めるし、まあ面倒臭い」

さすが長年、若いホストたちを見てきた雅人だ。

言うことがいちいち渋い。

「だが、それをうまくかわしながら育てていくのも、雇用主としての腕の見せどころだ。ショウ、おまえも成長しているようだな」

「ありがとうございます」

珍しく雅人にほめられたのは嬉しいが、とにかく寒いので、いまいちありがたみを実感できない。

「この調子で、あの子が一人前になるまで面倒をみてやれよ」

「はい」

「じゃあまた来る」

雅人は言うだけ言うと、さわやかな柑橘系の香りを残して、さっさと階段をのぼっていった。

いつもは階段上まで雅人を見送りにでるのだが、パジャマで、しかも裸足（はだし）のままなので、今日は階段下でいいことにする。

しかし、とんでもない時間にたたきおこされたので、なにか大変なトラブルでもおきたのかと思ったが、単に沢崎家のついでに寄っただけのようだ。

「びっくりした……」

祥明はベッドに戻ると、今度こそ布団を頭までかぶって、もう一度寝直したのであった。

六

午前九時。

明るい朝の陽がさしこむ飛鳥高校の講堂で、卒業式がはじまった。

雅人たちのおかげで顔も髪もすっきりとレベルアップした瞬太だが、冒頭の校長の挨拶で、はやくもまぶたがさがってきてしまう。

「沢崎、おきて。もうすぐ僕たちの番だよ」

「……う？」

高坂に腕をつつかれて目をあけると、いつのまにか卒業証書授与がはじまっていて、ちょうど岡島が名前をよばれたところだった。

出席番号は五十音順なので、もう、江本は卒業証書を受け取っている。

「おっと」

瞬太は、右手の甲で、唇のはしについたよだれをぬぐった。

どうやら自分は、大きく口をあけて眠っていたらしい。

雅人に知られたら、きっと、大目玉だ。

瞬太が目をさましたのを見て、壁際にならんでいる山浦先生が、ほっとした様子で額の汗をぬぐった。

かなりはらはらしていたのだろう。

「沢崎瞬太君」

只野先生に名前をよばれ、校長の前までとことこ歩いていくと、講堂のあちこちからパラパラと拍手がおこった。

「おめでとう。よくがんばりましたね」

卒業証書を渡す校長も、満面の笑みをうかべている。

「あ、ありがとう」

高坂が瞬太のキツネ耳にだけ聞こえるように「ございます」とささやいたので、あわてててつけたした。

最後の最後まで高坂には世話になりっぱなしである。

卒業証書を受け取った瞬太が、校長に頭をさげると、いっせいに拍手喝采がわきおこった。

自分のピンチが知れ渡っていたことが恥ずかしくもあったが、それ以上に、みんなの祝福が嬉しくて、胸にあついものがこみあげてくる。

階段をおりる直前、保護者席の前の方に陣取った吾郎とみどりが目に入った。

久しぶりに明るいシルバーのネクタイをしめた吾郎は、瞬太の晴れ姿をデジカメで撮影している。みどりは、光恵(みつえ)が超特急で仕立ててくれた上品な水色の訪問着で決めてきたのに、ハンカチを握りしめて号泣中だ。

さらに一番奥の方に、いつものダークスーツの葛城と、珍しく紺のアンサンブルを着た呉羽がこっそりまじっているのを瞬太は見つけた。

瞬太と目があい、嬉しそうに呉羽が小さく手をふる。

ついに両親に加え、叔父にまで学校行事に出席されてしまい、照れくささ満点だが、葛城の正体は誰も知らないはずなので、気にしないことにした。

何より二人の気持ちが嬉しい。

進学する者、就職する者、浪人する者、まだ進路が定まらぬ者、それぞれが卒業証書を受け取って、学び舎に別れをつげていった。

卒業式終了後、教室で最後のホームルームがあった。

卒業生たちをさしおいて、一番はでに号泣していたのは山浦先生だ。

おそらく苦労のたえない一年間だったのだろう。

「もう沢崎君の寝顔を見ないですむと思うと、嬉しいような、寂しいような」と、泣き笑いである。

かくして三年間にわたる高校生活は終了となった。

仮卒業の瞬太でさえ、この教室も見おさめかと思うと感慨深い。

思えば毎日毎日、よく寝たものだ。

「四月からはバニラの香りにつつまれた女の子がいっぱいの、夢の学園生活だぜ」

江本は祥明のアドバイス通り、パティシエのコースがある調理専門学校に進学することが決まった。

「おれは新たなるラーメン屋の開拓に燃えるぜ」

岡島は早くも大学周辺のラーメン屋のチェックリストを作成したのだという。

「あとは委員長か。合格発表はまだだっけ？」

「来週なんだ。不合格だったら、あらためて後期日程で仕切り直しだから気が重いよ」

さすがの高坂も憂鬱(ゆううつ)そうにため息をついた。

「私立は合格したんだろ？」

「学費が違うから、できれば国公立にしておきたくて」

「下に二人もいると気をつかうよなぁ」

そう言う江本も、三人きょうだいの真ん中なのである。

「今回は体調万全だったんだろう？　きっと大丈夫だよ」

「ありがとう」

高坂は苦笑いをうかべた。

高坂には、三年前、インフルエンザで私立高校の入試を受けそびれたという苦い過去があるのだ。

「あ」

高坂は何かに気づいたようだ。

「どうした？」

「斜め後ろ十二メートルから、鋭い視線が……」

高坂の言う方角を瞬太がむくと、案の定、遠藤茉奈(えんどうまな)が柱のかげから顔を半分のぞかせていた。

「遠藤が委員長に熱い視線をおくってる。遠藤も今日でストーカーおさめだな」

「そういえば遠藤はどこの大学を受けたんだろう？」

「さあ」

江本の問いに、全員首をかしげる。

思えば同じ新聞部でありながら、遠藤は不思議な存在だった。

「沢崎君、卒業おめでとう！　みんなすごく心配してたんだよ」

きれいな黒髪をさらさらゆらしながら、声をかけてくれたのは青柳恵(あおやぎめぐみ)だ。

「あ、ありがとう。青柳は大学に進学するんだっけ？」

「うん。演劇を勉強できる大学にしたんだ。演劇論とかきちんと勉強したことないから、すごく楽しみ」

「へぇ、すごいな。おめでとう！」

すごいなぁ、と、瞬太は、感心せずにはいられない。

青柳は着々と女優への道を歩んでいる。

「ところで今日は、お父さんも来てるみたいだけど……」

「そうなのよ。あたしは、おじさんとおばさんだけでよかったんだけど、あいつもくっついて来ちゃったの」

瞬太と目があうと、青柳の父は、遠くから小さく手をふった。

「陰陽屋さんで家内安全のお守りを買っておいた方がいいのかな？」

「お守りなら王子稲荷の方が……」

「そんなこと言ったら店長さんに怒られちゃうよ」

青柳はクスクスとおかしそうに笑う。

「じゃあ、元気でね」

「うん。青柳も」

青柳は瞬太の目を見て、少し懐かしそうな目をすると、スカートのすそをひるがえして行ってしまった。

ありがとう。ありがとう。ありがとう。

百万回の感謝をおくる。

「やあ、沢崎」

せっかく瞬太が甘ずっぱい想いにひたろうとしていたのに、不愉快な邪魔が入った。鼻にかかった気取った声に、こまかく縮れた髪の男子だ。

「浅田(あさだ)か……」

今日を限りに、こいつの顔を見ないですむと思うと、せいせいする。

「君も卒業できてよかったな。てっきり留年かと、心配していたんだよ。でも三月にはいってから卒業が決まっても、進学先がみつからなくて大変だよねぇ」

浅田は人差し指に前髪をからめる得意のポーズだ。

「おまえには関係ないだろ」

「まあ、僕はコンテンツビジネスをグローバルに展開すべく、まずは経営学をおさめて、いずれはＭＢＡを取得するつもりだよ」

「ふーん？」

「おい、浅田、パソコン部の後輩がおまえのことを捜してたぞ」

ていよく浅田を追い払うべく、助け船をだしてくれたのは岡島だ。

「おっと、記念撮影の約束をしていたんだった。失礼するよ」

浅田は右手をひらひらさせながら、ご機嫌で立ち去っていった。

「あいつが何を言ってるのか、さっぱりわからなかったんだけど、日本語だった？」

瞬太が尋ねると、江本はニヤリと笑う。

「パソコン部が漫画アニメ研究会とコラボして、文化祭用のアニメを製作したじゃん？　あれでどうも、アニメ愛が芽生えたらしくてさ。でもあいつ、絵心がなくてアニメーターは無理だから、プロデューサーをめざすことにしたらしいよ」

「え、そっち？　委員長に対抗して、ネットニュースのライターでもめざすのかと思ってたよ」

「あいつワーカホリックのけがあるから、案外、アニメとかゲームとか、いかにも大変そうな業界って、むいてるのかもしれないぜ」

「そういや、文化祭の時、ずっとSNSで忙しい自慢してたなぁ」

江本も苦笑いで同意する。

その時、瞬太の鼻に、シャンプーのいいにおいがただよってきた。

「あっ、三井……」

「沢崎君？」

三井の方も瞬太に気づいて、こたえてくれる。

さすがに疲れが少し残っているようだ。

芸大の実技試験はどうだったのか、聞いてもいいのだろうか。

合格発表はまだ先なのだと思うが。

「沢崎君、あとで陰陽屋さんに行ってもいい？　店長さんに占いをお願いしたいんだけど」

「え？　もちろんいいけど」

このタイミングで占い？

とまどう瞬太に、にこりとほほえむと、三井は倉橋の方に行ってしまった。

倉橋のまわりは、ファンクラブ会員たちが大号泣しながら花束を贈呈したり、記念撮影をしたり、大変なことになっている。

「三井さん、芸大だめだったんだな」

三井の後ろ姿を見ながら、高坂が小声で言う。

「え、そうなの？」

「うん。今日、芸大の二次試験なのに、受けに行ってないのは、一次で落とされたからだと思う」

「あっ、二次って今日だったのか」

そうだ、実技の一次試験で半分以上が落とされると言っていた。

二次試験に残れなかったのか……。

三井と一緒の卒業式で嬉しいなんて、思っちゃいけなかったんだ。

瞬太はしょんぼりと肩をおとした。

「でも私立の美大は合格したって言ってたよ？」

「そうか。じゃあ店長さんに進路相談かもしれないね」

本当は家で号泣していたいはずなのに、よく我慢して卒業式に出席したものだ。

瞬太は三井のけなげさに、あらためて感心した。

七

高坂たちと最後の屋上ランチを楽しんだあと、瞬太は陰陽屋へ行った。

江本と岡島は、クラスの有志たちとともにカラオケへくりだしたのだが、瞬太は三井のことが気になったのだ。

予告通り、三井が陰陽屋にあらわれたのは、二時をすぎた頃だった。

「いらっしゃいませ。まずはご卒業、おめでとうございます」

祥明はいつもの営業スマイルで三井をむかえる。

「ええと、占いだったよね？　テーブル席にどうぞ。おれ、お茶をいれてくるから」

瞬太は大急ぎで言うと、休憩室にひっこんだ。

あんなにがんばっていたのに、と、思うと、痛々しくて三井の顔をまともに見られない。

「芸大は不合格でした」

三井が小さな声で祥明に告げているのが、休憩室にいても聞こえてくる。

こんな時は自分のキツネ耳がいまわしい。

「そうですか、残念でしたね」

「浪人して、もう一度芸大にチャレンジするか、それとも私立の美大に行くか迷っています。占ってもらえますか？」

「お嬢さん、それは占う必要はありません。あなたの心は、もう決まっているはずです」

祥明はおだやかに答える。

「……あたしは……」

「そもそも美大に出願した時、ここでも陶芸をみっちり勉強できそうだし、行きたいなと思ったのか、それとも、ここに行く気は全然ないけど、試験会場の雰囲気に慣れておくために経験として受験しておこうと思ったのか、どちらでしたか？」

「……陶芸をみっちり勉強できると思って出願しました。電動ろくろもいっぱいあって、自由に使えますって、ホームページにのっていて……」

「それでは何がひっかかって、迷っているのですか？　実際に行ってみたら電動ろくろが旧式だったとか？」

「遠いんです。工芸科は八王子(はちおうじ)キャンパスなんですけど、電車とバスをのりついで、うちから二時間くらいかかりました」

往復四時間か。それはたしかにきついな、と、瞬太も思う。

もしも一時間目の授業が八時半はじまりだったら、朝六時半には家をでることになる。

起床は五時半だ。

「通学や通勤に二時間以上かけている人も珍しくないし、慣れればなんとかなるのかもしれません。でも、美大は課題も多いと聞いてますし……」

「八王子なら学生むけのマンションや寮がたくさんあるでしょう？　もちろんひとり暮らしはお金もかかりますし、ご両親も心配されるでしょうけど」

「はい。特に父はひとり暮らしに大反対で、かといって浪人も大変だから、今からでも二次募集のある大学を受験したらどうだって言ってます」

三井の父親は、そもそも娘を女子大に行かせたがっていたのだ。

ここぞとばかりに、王子から通いやすい女子大のパンフレットを集めているに違いない。

「母は、好きなだけ浪人してもいいわよ、初志貫徹なさいって言ってくれてるんですけど……」

さすが登山家である。

「あたし、最初に芸大を受験するって決めた時に、二浪や三浪はあたりまえだって覚悟したんです。ある意味東大より難しい、って言われている大学ですから。でも、全然土にさわれない受験勉強の期間が、予想していたよりはるかにきつくて。これがまたあと一年も二年も、もしかしたらもっと続くのかと思うと……あたし、陶芸をやりたくて芸大を受けるはずなのに……」

三井は自分の胸の前で両手をぎゅっと握りしめ、苦しそうな表情で言う。

そういえば三井は、今年にはいってから、ずっと食欲もなくて、やつれた顔をしていた。

受験のプレッシャーだけでなく、土にさわれないことへのストレスもあったのか。

「それなら何を迷っているんですか？」

「……王子からはなれたくないんです」

「失礼ながら、お嬢さんは、それほどご両親に執着されているようには思えませんが。

親友の倉橋さんですか？」

「怜ちゃんもそうです。他にもたくさんの友人が王子にいて……沢崎君もいて……それから」

三井はひと呼吸おいた。

「店長さんもいて……」

「私ですか？」

「ずっと……ずっと、店長さんが好きです」

三井のすきとおった声が、瞬太の耳に届き、胸をつらぬく。

知っていた。

ずっと前から知っていたけど、聞きたくなかった。

「……好きです……」

緊張で声がかすかにふるえている。

「三年まえ、はじめて一緒に、狐の行列で歩いたあの夜から、ずっと、店長さんが好きでした……」

「ありがとうございます」

祥明の優しい声がする。

だが、それだけだ。

好きとも、違うとも答えない。

永遠とも思える、空白の静寂。

「あたし……」

三井は酸素を求めてあえぐ。

「あたし、また、いつか、陰陽屋に来てもいいですか？　困った時とか、迷った時に……」

かぼそい、かすれ声。

「もちろんです」

「よかった……。ありがとうございます」

三井が立ち上がり、ドアをあけて店から出て行く靴音が聞こえる。

瞬太は急いで休憩室からとびだし、三井の後を追った。

「三井！」

階段をのぼりかけた三井がふりむく。

大きな瞳がうるんでいる。

「あ、ええと……」

自分でよびとめておきながら、瞬太は言葉につまる。

「聞こえてた？」

「ごめん、キツネ耳が……」

申し訳なさそうに、瞬太は三角の耳を伏せた。

「ふられちゃった」

へへっ、と、三井はかわいく笑う。

「でもやっと言えてすっきりした」

さばさばした表情だ。

「祥明はさ、女の子を見る目がないんだよ。おれは永遠に三井推しだから！」

「ありがと……う」

三井の大きな瞳が涙でいっぱいになって、ほろりとあふれる。

笑っているのに、唇がかすかに震えている。

「ありがとう……沢崎君」

「いつでもまた陰陽屋へ来てよ。おれはずっと三井のことを応援してるから！　幸せを祈ってるから！　好きだから！　待ってるから！」

瞬太はどさくさにまぎれて、二度目の告白をした。

「……今、言われても……」

三井は困り顔で、目をしばたたく。

「そ、そうだよな」

おれってどうしてこうも考えなしなんだろう。

瞬太は長い尻尾をたらして反省した。

瞬太のしょんぼりした様子に、三井の唇からくすりと笑みがもれる。

「ありがとう。陰陽屋にまた来るね。春休みも、夏休みも、冬休みも。また狐の行列を一緒に歩こう」

「うん、おれ、いつも陰陽屋で待ってるから！」

瞬太が大声で宣言すると、三井は泣き笑いで、大きくうなずいた。

八

王子銀座商店街が、買い物客でにぎわう夕暮れどき。

倉橋スポーツ用品店の手前で三井が待っていると、両手に花束をかかえた倉橋怜がもどってきた。

「春菜？」

倉橋は三井を見つけて、驚いた顔をする。

「怜ちゃん、おかえり」

三井はつとめて明るい声をだすが、幼なじみの目はごまかせない。

「あたしの部屋に行こう」

倉橋は、店番をしていた一番上の兄に花束を渡すと、三井の手をつかんで二階の住居までひっぱっていった。

「春菜ちゃん！　うちに来るの久しぶりだね」

「卒業おめでとう！」

双子の兄たちが声をかけてくるが、「じゃましないで」と、倉橋はきつい口調で言い渡した。

わざと乱暴な音をたてて部屋のドアをしめると、倉橋はベッドに腰をおろし、自分の隣をぽんぽんとたたく。

「ありがとう」

三井も倉橋の隣に腰をおろした。

「なにがあったの？」

「あのね……。あたし、八王子の美大に行くことにした。うちから通うのは厳しいから、学生寮かアパートを探さないと」

「陰陽屋で占ってもらったの？」

「ううん。占う必要はありません、って、店長さんに断られちゃった」

「ということは、春菜が自分で決めたんだ」

「うん」

「そうか。春菜が決めたのなら、いいと思う。でも、寂しくなるな」

ためいきまじりの親友の言葉に、三井の肩がゆれる。

「怜ちゃん……」

「どうしたの？」

「ふられちゃった」

三井はうつむいたまま、ぽつりと言った。

「え？」

「好きですって、言ったんだけど……」

大きな瞳から、涙がぼろぼろとこぼれ落ちる。

「そっか……。受験が終わったら言うって、まえから決めてたもんね」

「うん。だめだってわかってたけど、だめだった」

「勇気だして、がんばったんだね。えらいよ。よしよし」

倉橋は三井の頭を、優しくなでた。

「おかげでいろいろ、ふっきれた。あたし、これで何の未練もなく、王子をはなれて、陶芸に専念できるよ」

スッキリした、と、笑いながらも、涙の洪水はとまらない。

やわらかな頬も、小さなあごもびしょぬれで、目も鼻も真っ赤だ。

「よし、一発殴ってくる！」

倉橋は右手でこぶしをつくると、すっくと立ち上がった。

「ぼ、暴力はだめだよ」

「じゃあ竹刀(しない)で」

「もっとだめだって！」

三井は涙でぬれた右手で、倉橋の制服のそでをつかむ。

「けち」

倉橋がすねたように言うと、三井はぷっとふきだした。

「ありがとう、怜ちゃん……。八王子に引っ越したら、こんなふうに話せなくなっちゃうのかな……」

「二時間ちょっとじゃない。いつでも帰っておいで。なんなら毎週、土日はうちに泊まってもいいよ」

「うん、そうだよね……。ありがとう……」

三井は涙をぬぐいながら、ありがとうを繰り返した。

「そういえばね……沢崎君が……」

「ん？」

「おれはずっと三井推しだ、って」

「え、それ、今日言ったの？」

倉橋はあきれ顔で聞き返す。

「うん。しかも店長さんにふられた直後」

「はあ？　春菜の失恋につけこもうとしたの？　あいつ、そんな腹黒だったっけ？」

「ううん、何も考えずに口走った感じだった」

「そうか、沢崎だもんね」

「うん。おかげでちょっと笑っちゃった。沢崎君がいると、なごむよね」

「いいやつだよね」

「うん」

甘やかなハニーオレンジの夕陽に照らされながら、少女たちは肩をよせあって笑ったのだった。

九

夜七時近くになって、陰陽屋に、飛鳥高校の制服を着た女子たちが続々と集まってきた。

髪形や体形はばらばらだが、全員、眼鏡(めがね)をかけている。

最終的には八人になったので、狭い店内は大混雑だ。

「最後にもう一度、式盤(ちょくばん)の写真をとってもいいですか？」

「あと、狩衣(かりぎぬ)も撮影させてください！」

この光景は以前、見たことがある。

たしか。

「あっ、漫画アニメ研究会とパソコン部の、コラボアニメ製作チーム！」

「やっと気がついたの？」

ショートカットの眼鏡女子にあきれ顔をされる。

文化祭で上映する陰陽師アニメの製作のために、彼女たちは春から初秋にかけて、毎週のように陰陽屋に通っていたのだ。

「どうして今日、陰陽屋に集まってるの?」

「あらためて、みんなで博士にお礼を言いたいと思って」

噂をすればかげ。

陰陽屋の階段を、ゆったりとした足取りでおりはじめた、ステッキと靴の音が聞こえてきた。

瞬太は黄色い提灯(ちょうちん)を片手に、階段をかけあがる。

「いらっしゃい、じいちゃん!」

「こんばんは、瞬太君。久しぶりになるのかな」

真っ白な髪にひげの、仙人のような風貌の老人は、祥明の祖父の安倍柊一郎だ。

柊一郎は民俗学の学者で、陰陽師や陰陽道から平安の風俗にいたるまで、アニメチームの女子たちの疑問に答えていた。

どんな質問にも即答してしまう柊一郎のことを、眼鏡女子たちは博士とよんで敬愛しているのである。

「最近、体調はどう?」

「すこぶるいいよ。瞬太君とペースメーカーのおかげだね」

昨年の秋、ペースメーカーの手術を受けることに対して消極的だった柊一郎に、瞬太が泣いて懇願し、手術を承諾させたのだ。

「よかったぁ。アニメチームの女子たち、みんな集まってるよ」

「それはそれは」

柊一郎がにこにこしながら店内に足をふみいれると、あっという間に眼鏡女子たちに取り囲まれた。

「みんな、卒業おめでとう」

柊一郎が帽子をとって、声をかけると、女子たちが一斉に話しはじめた。

「博士！　ありがとうございます」

「あたしたち、博士のご恩は一生忘れません」

「あたしたちのアニメが完成したのは博士のおかげです」

「プロの漫画家になったら、必ず陰陽師の漫画を描くので読んでくださいね」

「僕が生きている間に頼むよ」

「あたしは大学で日本史を専攻することにしました。平安をきわめます」

「いいねぇ」

店内の大騒動に負けて、瞬太は休憩室に避難した。

いつのまにか祥明がベッドに寝そべり、本を読んでいる。

「じいちゃん、大人気だな」

「毎週彼女たちのために特別講義をひらいていたからな」

祥明は本に視線をおとしたまま、肩をすくめた。

「女子たち、なんだか難しいことをいろいろ質問してたよね。式占のことから貴族制度のことまで。瞬太君もせっかく陰陽屋で働いてるんだから勉強してみればって、じいちゃんにすすめられたけど、何の話をしてるのかさえ、おれにはよくわからなかったよ」

「おまえはまず日本史の基礎を勉強してこい」

「授業中、いつも熟睡してたからなぁ」

瞬太はしょんぼりと耳を伏せて笑う。

「ところでお茶はどうしよう。湯呑みが足りないんだけど」

「ないものは仕方ない。放っておけ。そのうちアジアンバーガーにでも行くだろう」

「そうか」

そういえば、アニメチームはいつも陰陽屋での講義の後、アジアンバーガーで打ち合わせをしていたんだっけ、と、瞬太は思い出す。

「本当に祥明は、よく覚えてるなぁ」

「お客さんのことを記憶するのは接客業の基本だ。覚えられないのならメモをとれ。と、雅人さんがいつも言ってたぞ」

「そ、そうか」

おれ覚えられないいんです、なんて甘えたことを雅人に言ったら、はりたおされそうだ。

「そういえば今朝、雅人さんたちが、いきなり、おれの家にあらわれたんだよ。びっくりしたなぁ」

「ふうん」

「あんまり驚かないんだな。もしかして知ってた？」

「その髪と眉を見れば一目瞭然だ」

「ああ！　そう、そうなんだよ。なんだかすごくかっこよくしてくれて、自分でもウヒョウって思ったんだ」

瞬太は照れ笑いをうかべ、ふさふさの尻尾をふった。

夜八時。

陰陽屋の閉店時間とともに博士を囲む会はおひらきとなり、名残おしそうに女子たちは陰陽屋を去っていった。

祥明の予想通り、これからアジアンバーガーで二次会をひらくようだ。

柊一郎も誘われていたが、僕は家が遠いからね、と、辞退しているのが聞こえた。

「お疲れさま」

今度こそ瞬太は、柊一郎にお茶をはこぶ。

帰り支度をしていた柊一郎は、立ったままお茶をすすった。

「ん、まえよりお茶がおいしくなってるね」

「今日は春記さんにもらったいいお茶なんだ」

へへへ、と、瞬太は笑う。

「瞬太君も卒業だね、おめでとう」

「ありがとう。まあ、仮なんだけどね」

「仮卒業？」

瞬太が事情を説明すると、柊一郎はにこりとほほえんだ。

「いいね、あと一年勉強できる期間がのびたんだね」

「おれ勉強苦手だから、いいのか悪いのか……。あ、駅まで送るよ」

瞬太は祥明にことわると、柊一郎と一緒に、森下通り商店街を王子駅にむかって歩いた。

居酒屋やカラオケ店から、笑い声や歌声が流れてくる。いろんな食べ物とお酒の匂い。

さすがに夜八時ともなると、まあまあ冷える。

瞬太の童水干は、狐の行列でも風邪をひかないように、と、きものの森川のおかみさんが仕立ててくれた冬物だが、いかんせん、膝から下が素足なのだ。

瞬太がさりげなくふさふさの尻尾を足にまきつけて暖をとるのを、柊一郎は興味深そうに見ている。

「瞬太君、耳をだしたまま外を歩いても平気なのかい？」

「うん。王子の人はみんな見慣れてるからだれも驚かないよ。祥明なんか狩衣のまま、駅のむこうの本屋まで行っちゃうし」

「そうか。ヨシアキが王子で陰陽屋を開店して、もう三年半か。すっかり町になじんでるんだね」

　けっこうなことだ、と、柊一郎はうなずく。

「三年半かぁ。そういえば、陰陽屋ができた時、おれ、まだ中学生だったもんな。でもさぁ……」

「ん？」

「おれ、三年半も陰陽屋にいたのに、結局、掃除とお茶くみしかやってないんだよ。今年は文化祭でちょっとだけ手相占いをやったんだけど、もう忘れかけてるし……。おれもじいちゃんや祥明みたいに賢く生まれたかったなぁ」

「興味のないことを習得できないのは当たり前だよ。ヨシアキだって家事全般ができないだろう？」

「どうしたら興味を持てるのかなぁ」

「瞬太君、好きな女の子はいるかい？」

突然の質問に瞬太はドギマギする。

「えっ、あっ、い、一応」

今日もふられたばっかりだけど。

「その娘の手相をみてあげることを目標にするといい。東洋占いも、西洋占いも、全部その娘の誕生日で勉強するといいよ」

「そ、そうか……」

まずは誕生日をききださないといけないので、なかなかハードルは高い。

「あのさ、じいちゃん。おれ、国立まで占いを教わりに行ってもいい？」

「僕よりヨシアキに教わったらどうかな。ヨシアキは以前、塾で講師のアルバイトをしていたこともあるんだよ」

「祥明はすごく厳しいんだよ……。おれ、学校の成績がずっと赤点だったから、毎日、書き取りやドリルやらされて大変だったんだ」

「おかげで仮卒業できたんだろう？」

「それは、そうだね……」

「それに、うちに来たら、優貴子が何をするか……」

「うっ、そうだった！」

　瞬太のフサフサの耳が、恐怖のあまり、ぺたんと後ろに倒れてしまう。

「そういえば優貴子は、最近しきりに、あのキツネの子はどんな食べ物が好きなのかしら、とか、瞬太君のことを気にしているよ。どういうつもりなのかねぇ」

「もしかして、毒を……？」

「そこまではしないと思うが、まあ、下剤くらいならやりかねないね」

「祥明に教わるしかないのか……」

「がんばりたまえ」

　柊一郎は愉快そうに笑った。

「あのさ、こんなこと、じいちゃんにきいちゃいけないのかもしれないけど……」

　ＪＲ王子駅の親水公園口まであと十メートル、というところまで来て、瞬太は意を決して切りだした。

　柊一郎は立ち止まると、おやおや、と、興味深そうな顔をする。

「なんでもきいてごらん。卒業祝いだ。僕に答えられることなら、なんでも答えるよ」

「ありがとう。あのさ……まえ、心臓のペースメーカーの手術をする必要はない、自分はもう十分生きた、みたいなことを言ってたよね？　八十年生きたら、みんなそういう心境になるものなの？」

「それは人それぞれだろうね。もっともっと生きたいと思う人もいるだろう。僕自身だって、その時の気分で、もっと生きたいと思うこともあれば、もう十分だと思ったりするしね」

瞬太の唐突な質問に、柊一郎は嫌な顔ひとつせずに答えた。

瞬太は真剣な表情で聞き入る。

「人がもっと生きたいと思う理由は、やり残したことがある、心残りなことがある、子供や孫が心配で死ぬに死ねない、あとは、単純に死ぬのが怖い、あたりかな。そういう人は、百年生きてもまだ生きたりないって思うんだろうね。まあ、うちで心配といえば優貴子なんだけど、僕が心配したからって、あれはどうにもならないレベルだからねぇ」

優貴子のことは憲顕君にまかせるよ、と、柊一郎は明るく笑う。

「じいちゃんは、やり残したことや心残りなことはないの？」

「もちろんいっぱいあるよ。特に、あやかしの研究はまだ道半ばだし、瞬太君がこの先どう生きていくのかも興味津々だ。だけどね、それはどちらも完成しないことなんだ。五年や十年、寿命がのびたからって、どうなるものでもない」

そう言いながら白く長いあごひげをなでる柊一郎の穏やかな横顔は、いつも以上に仙人じみて見える。

「いつかまた、あの世とやらで、篠田と酒を酌み交わせたらいいなぁ」

柊一郎が学生の時にであった化けギツネの篠田は、ある日突然、姿を消したのだ。もしかしたらそれが、柊一郎の最大にして、かなわなかった心残りなのかもしれない。

夜空にむかってうすくほほえむ柊一郎のほっそりした身体を、瞬太は後ろから抱きしめた。

このまま龍の背に乗って、月まで飛んで行きそうに見えたのだ。

「おれが二十歳(はたち)になったら、お酒つきあうよ。だからあと二年待って」

骨ばった背中に顔をうずめ、子供のようなだだをこねる。

柊一郎は身体をねじると、ふさふさした毛におおわれた耳を優しく撫でた。

「瞬太君は妖狐だけど、妖狐も、人間も、生きとし生ける物はみな、いつか必ず死ぬ。一所懸命生きても、なんとなく生きても、最期は必ずおとずれる。でも、できれば心残りはひとつでも少ない方がいい。だから、やってみたいと思ったことは、何でもチャレンジしてみるといいよ。たとえ自分には無理だと思ってもね」

「失敗と後悔ばかりの人生になっても？」

柊一郎は瞬太の腕をほどくと、正面から瞳をのぞきこんでうなずいた。

「人生に正解はない。ああ、大失敗だ、と、思った経験が、いつの日か役立つことがあるかもしれない」

「そうかなぁ？」

「全然役に立たないかもしれないけど、それも、一歩ふみだしてみないとわからないだろう？」

「それはそうかもしれないけど……」

「そうだなぁ。たとえばある日突然、瞬太君がミュージシャンになりたいと思い立ち、歌や楽器の特訓をはじめたとする」

「うん」

「でもいくら練習しても、歌も楽器もうまくならないし、さりとて作詞作曲もできない。気がついたら何年もたっていた。その時、自分はミュージシャンにむいてなかったんだなって知ることになる。それはつらいことではあるけど、心残りがひとつ減るんだよ。なんならライブハウスとかレコードショップとか、音楽の経験を生かした職につけばいい」

「そうか……」

瞬太は神妙な面持ちでうなずいた。

「でも、おれ、よく、勢いにまかせてやらかしちゃっては、祥明に、この考えなしって叱られるんだけど」

「ヨシアキだって、まあまあ行き当たりばったりの人生を送ってるんだから、気にすることはないよ」

「え？　あ……！」

そうだ、パインジュースでパソコンごと修士論文をだめにされ、家出同然で国立の安倍家からとびだして、雅人にひろわれてホストになったが一ヶ月でやめてしまい、陰陽屋をひらいたのが安倍祥明だ。

言われてみれば、ここまで行き当たりばったりの人生を送っている男も珍しい。

しかも、学者への道は断念したが、ちゃっかり、かつて研究していた陰陽道の知識を生かした店をひらいている。

「もしかして、人生って、けっこうなんとかなるものなの？」

「なんとかなる時もあれば、ならない時もある。まあ、なるようになるさ」

柊一郎は謎の呪文のようなことを言うと、からから笑ったのであった。

＋

卒業式の三日後。

あたたかな春の陽射しがふりそそぐ昼さがりに、瞬太が陰陽屋の階段でほうきを動かしていると、高坂が歩いてくるのが見えた。

いつも歩いている時は感情をあまり表にださない高坂だが、さすがに今日は笑顔をおさえきれないようだ。

「委員長、合格おめでとう！」

「ありがとう。沢崎も進路を決めたんだって？」

「進路っていうか、陰陽屋を続けることにした」

「そうなのか」

ちょっと意外そうに、高坂は目をしばたたく。

「どういう心境なのか、きかせてよ」

ポケットからさっと取材ノートをとりだした。

「いいよ。そうだ、おれも委員長にききたいことがあったんだ。まえ、どうして政治や経済じゃなくて文学を専攻することにしたのか、落ち着いたら話すって言ってたよね？」

「そうだったね」

二人は陰陽屋の薄暗い店内に入る。

「いらっしゃいませ……、と、なんだ、メガネ少年か」

几帳（きちょう）のかげから顔をだした祥明は、きびすを返して休憩室に戻ろうとした。

「祥明、委員長が合格の報告に来てくれたんだ！」

「それは何より」

「陰陽屋さんの健康祈願の護符のおかげです。ありがとうございました」

「ああ、妹さんが来たんだったな。うちはお焚きあげとかしてないから、そちらで適当に処分してくれ。捨ててもいいぞ」

「記念にとっておきます。また陰陽屋さんの記事を書く時に、役に立つかもしれないし」

陰陽屋の記事と聞いて、祥明は眉を微妙な角度にする。

「大学にも新聞部ってあるのかな？」

「たぶんあると思うけど、なければまた作るよ」

飛鳥高校でも新聞同好会からのスタートだったのだ。

「今度はおれたち名前を貸せないけど、委員長なら、きっと、五人でも十人でも集められるよ」

「そうかな」

「少なくとも、そこのお嬢さんは貸してくれるんじゃないか？　合格していればだが」

祥明の言葉に、高坂は首をかしげる。

「そこのお嬢さん？」

「まさか……」

瞬太と高坂は、目を合わせて無言でうなずきあうと、黒いドアをあけ、階段をかけあがった。

あたりを見まわすと、祥明の読みどおり、電柱のかげに、遠藤茉奈がひそんでいたのである。

今日は灰色のチュニックに紺のジーンズと黒のキャスケット帽という、地味な私服だ。

「遠藤!?」

こんなところで何を、と、言いかけて瞬太はやめた。

高坂の出待ちに決まっている。

「あたしに何か用？」

「ええと……遠藤さんも東大を受験したの？」

高坂が問い返した。

「まあね。不合格だったけど」

遠藤は、高坂が東大志望だと知り、この一年間というものの猛勉強をしたのだが、残念ながら不合格だったのだという。

「そこまでして委員長を追いかけようとするなんて、ストーカーの鑑だな！」

瞬太は思わず感動して、アッパレと言いそうになった。

「べ、別に、高坂君を追いかけて東大に行こうとしたわけじゃないよ。あたしはあたしなりに、東大に行けば将来、就職に有利かなって思っただけで」

瞬太に絶賛されて、遠藤は照れたように目をそむけた。

ストーカーの上にツンデレだなんて、どれだけこじらせているのだろう。

「就職は、まあ、そうだね……」

高坂は珍しく、言葉に迷っている。

「しかたないから、今年は予備校へ行くことにしたけど、来年は絶対、東大へ行くつもりだから」

「……うん」

高坂は一瞬ためらってから、うなずいた。

「がんばって」

瞬太が言うと、遠藤はチッと舌打ちした。

「言われなくてもがんばるわよ。あんたこそ仮卒業を取り消されないようにね」

瞬太に言い放つと、遠藤はくるりと背を向けて走りだし、あっというまに姿を消す。

「今のって、一応、おれのことを励ましてくれたのかな？」

「たぶん？」

瞬太と高坂は、首をひねりながら、階段をおりて陰陽屋にもどった。

「遠藤さんは不合格だったそうです」

「そうか。しかしあの集中力があれば、来年は大丈夫だろう」

祥明も遠藤には、一目（いちもく）おいているようだ。

「祥明は遠藤が東大を受けたって知ってたの？」

「学業成就の護符を買いに来たからな。行きたい大学はひとつしかないって、きっぱり言ってたし。おそらく、官僚になりたいとか、師事したい教授がいるなどという一般的な志望動機よりも、好きな人と同じ大学に行きたいという熱い動機の方が、はるかに強い意志で受験勉強にむかえると思うぞ」

「そういう理由で大学を受けるのもありなのか……」

特に遠藤は意志が強そうだし、今日から猛烈な勢いで勉強しそうである。

「あっ、もしかして委員長も、好きな女子を追いかけて、文学を勉強することにしたとか!?」

「違うよ。僕のきっかけは沢崎だ」

「おれ？」

瞬太はきょとんとして首をかしげた。

「僕は中学生の時からずっと、沢崎と陰陽屋さんのことを取材してきた」

「それで東京経済新聞のスクープ大賞をとったんだよね」

校内新聞にも、たびたび陰陽屋の記事を書いている。

「沢崎の話はいつも興味深かった。でも沢崎と店長さんから教えてもらったことを記事にまとめただけじゃ、薄っぺらい内容になってしまうから、自分なりに調べてみたんだ。陰陽道の歴史や、占いのこと、それからもちろん、化けギツネの伝説も」

「化けギツネの伝説なんてあるの？」

「あるある。有名どころはやっぱり、安倍晴明（あべのせいめい）の母親の葛（くず）の葉（は）と、殺生石（せっしょうせき）になった玉藻前（たまものまえ）だね。晴明の母親は白狐（びゃっこ）で、人間の男と結婚して男の子を生んだんだけど、正体がばれて信太(しのだ)の森に帰っていったんだ。つまり晴明は人間と化けギツネのダブルということになるね」

「もう一人の方は？」

「玉藻前は美しく、強い妖力をもつ九尾(きゅうび)の狐だよ。たいへんな美貌で鳥羽(とば)上皇をとりこにしたんだけど、晴明の子孫の安倍泰成(やすなり)に正体をみやぶられ、逃亡先の那須野(なすの)で退治されてしまうんだ。死後も殺生石となって災いをなしたそうだよ」

「ファンタジー漫画みたいな話だな」

「王子の狐」という落語にでてくるお玉(たま)ちゃんとは大違いである。

「うん、葛の葉も玉藻前も、いろんな漫画やゲームに登場してるよ。どこまで事実なのかはかなりあやしいけど、伝説としては面白いよね。他にも、『義経(よしつね)千本桜』にでてくる源九郎狐(げんくろうぎつね)もいるし。そんな調子で、平安から江戸にかけてのいろんな史料を読んでたんだけど、どうせなら文献の原文を読めた方がいいなって思ったんだ。昔の人の日記なんか面白そうだし。で、てっとり早く古文を解読できるようになるには、文学部かなって」

「それで文学部かぁ」

「そもそもなぜお稲荷さまの使いは、犬でも狸でもなく狐なんだろうとか、考え始めると止まらないよ」

「そう言われれば、なんで狐なんだろうな。お稲荷さまが狐好きだったとか？」

「その発想はなかったな。なるほど」

　高坂は面白そうに目をしばたたいた。

「でも、そこまで化けギツネにはまったんなら、春記さんや祥明のじいちゃんみたいに、学者になろうとは思わなかったの？」

「うーん、研究で生計をたてるのって、ものすごく大変なことだよね。大学の先生になれる人なんて、ほんの一握りだし」

　さすが王子銀座商店街で生まれ育っただけあって、高坂は現実的だ。

「そもそも、僕は学者にむいてないと思うんだ。学者って、人間よりも本が好きな人たちだろう？　僕は本より人間の方が好きだし、僕の調べものは、あくまで記事を書くための取材だからね」

　たしかに祥明の父も祖父も、こよなく本を愛している。

「じゃあ、将来はやっぱり新聞記者をめざすんだ」

「うん。でも、ちょっと方向性がかわった。政治や経済の記事を書くだけが新聞記者じゃない。歴史や文化が専門の記者もいいんじゃないかなって」

「ああ、そうつながったのか！」

瞬太は目からウロコが落ちた気分だ。

「もともと僕はマーケティングに興味があったんだけど、それって、僕じゃなくても書けることだよね。それどころか、僕より詳しい記者が、何百人も何千人もいるだろうし。その点、僕以上に化けギツネの生態に詳しい記者は、そうそういないと思うんだよ。なにせ化けギツネの友人がいて、わからないことは何でもきけるんだから」

「おれより委員長の方が、化けギツネの歴史には詳しいけどね」

瞬太は恥ずかしそうに、耳の後ろをかく。

「おまえもちょっとは勉強しろ」

祥明の言葉に、ぐうのねもでない。

化けギツネの伝説を人間に教えてもらった化けギツネは、きっと瞬太くらいだ。

「ということは、委員長はいつの日か、化けギツネの記事を書くつもりなの？」

「もちろん沢崎の個人情報にかかわることは書かないから安心して。いつぞやの浅田の二の舞になるのが関の山だし」

「ああ、そんなこともあったな」

　パソコン部の浅田は、校内むけのＷＥＢニュースで、瞬太が赤ん坊のころ王子稲荷神社でひろわれた化けギツネだと暴露したのだが、みんなに信じてもらえなかった上に、先生にきつく叱責されたのである。

　あの時も、高坂が瞬太をフォローしてくれたのだった。

「おれ、委員長には助けてもらってばかりの四年間だったけど、いつか恩を返せたらいいなって思ってるんだ」

「沢崎が陰陽屋にいてくれるだけで十分だよ」

「そんな……」

　瞬太は高坂の優しい笑顔に、胸がいっぱいになる。

「それじゃあ、今度は沢崎がなぜ陰陽屋のアルバイトを続けることにしたのか、心境を教えてもらおうかな」

　高坂は眼鏡の奥の瞳をキラリとさせて、ノートをひらいた。

「え、あ、うん。卒業式の夜、祥明のじいちゃんがおれに、たとえ自分には無理だと思っても、やってみたいと思ったことは何でもチャレンジしてみるといい、って言ったんだ」

「つまり沢崎には、やってみたいことがあったんだね？」

「うん。おれ、その……」

瞬太はチラッと横目で祥明をうかがう。

「なんだ？　まさかホストか？」

「違うよ。おれも、いつか……陰陽屋をやりたいと思って」

「……は？」

祥明は驚いて、手から扇をとり落とした。

パサリという乾いた音が、静まり返った店内に響く。

「化けギツネの陰陽師か。すごく珍しいね。いいんじゃないかな？」

高坂は興奮気味である。

「いろんな人が自分では解決できない悩みをかかえて陰陽屋に来るんだけど、祥明はいつも、占いやお祓(はら)いをうまく使って解決するんだ。実のところ、占いはただのきっかけで、結局、占いと関係のない形で決着しちゃうことも多いんだけど。でも、とっかかりとして、占いの知識が必要なんだ。だから勉強ができないおれには無理だろうなって、ずっと思ってた……」

自分にも占いができたらいいのに、と、何度思ったことだろう。

特に、祥明に頼ることができなかった夏の京都で、瞬太は思い知らされたのだ。

「チャレンジすることにしたんだね」

「うん。どうせ陰陽屋のアルバイトを続けるのなら、ちゃんと占いの勉強をしたいって思い直した。時間はかかるだろうけど」

「でも、店長さんの弁舌は、なかなか真似できそうにないけど」

祥明のお悩み解決は、占いの知識に加えて、相談者をまるめこむ舌先三寸が重要なのだ。

「それはわかってる。でもそのかわり、おれ、鼻には自信があるから。嗅覚をもっとみがけば、迷子の犬や猫をさがす時に役にたつと思うんだ。それに、ちょこっとだけど霊感があるから、変なものが取り憑いてる家や場所を特定することもできるよ」

瞬太はそっと祥明の様子をうかがう。

一応、さりげなく自分を売り込んでいるつもりなのだが、聞いているだろうか。

「つまり、得意分野を生かして、店長さんとは違うタイプの陰陽師を目指すということかな？」

「それ！」

「うん、いいと思うよ。それで、まずは店長さんに弟子入りすることにしたんだね」

高坂もチラッと祥明の顔を見る。

二人にチラチラ見られて、祥明は頭をかかえた。

「弟子入りって……。他にはあてがないから、うちのアルバイトを続けるんだとばかり思っていたが……おじいさんが余計なことを……だが雅人さんがこのまえ……」

眉間に深いしわを刻み、なにやらブツブツつぶやいている。

「祥明……？」

瞬太がおそるおそる声をかけると、祥明は大きなため息をついた。

「うちの祖父がキツネ君をたきつけたのなら、仕方がない。基礎は教えてやる。だが本当に覚えられるのか？」

「おれ、がんばるよ！　ありがとう！」

「よかったな、沢崎！　僕も君のことを取材するのが一層楽しみになったよ」

二人はぎゅっと手を握り、ぶんぶん上下にふった。

「うかれるのはけっこうだが、まずはとりこぼした高校の卒業単位、今年こそ全部とれよ」

「あ、う、わかってるよ！」

瞬太は、ばつの悪そうな照れ笑いをうかべると、三角の耳の裏をかいたのであった。

十一

翌日の午後三時。

江本が甘いバニラエッセンスの香りをまとって、陰陽屋にあらわれた。

「練習でクッキー焼いてみたんだ。試食してくれよ」

江本はリュックから、ビニール袋につめたクッキーをとりだす。

「母さんが突然、オーブン買ってくれたんだ。四月から製菓学校へ通うのに、家でケーキの練習くらいできないと不自由だろうって。もちろん家庭用の小さなオーブンだけど」

「うん、美味しい」

瞬太は早速、一個つまんで口にはこんだ。

「まだ入学する前からこんなに美味しいクッキーをつくれるなんて、江本、才能あるんじゃない？　料理ができる男はもてるって聞いたことあるけど、お菓子作りが得意な男は最強だよ」

「だろ？　恋愛スペシャリストのおれの選択にぬかりはないぜ」

江本はニカッと笑う。

もともとは祥明のアドバイスがきっかけだが、江本なりに考えてみて、これがベストの選択だと結論づけたのだという。

瞬太が二枚目のクッキーに手をのばした時、はずむような靴音が階段をおりてくるのが聞こえた。

この靴音には聞き覚えがあるが、誰だったかな。

「お客さんかな？　ちょっと待ってて」

江本にことわり、黄色い提灯を片手に入り口まで迎えにでると、つややかな長い黒髪の少女が立っていた。

今日は白いシャツブラウスに暗いカーキ色のスカートなので大人びて見えるが、先週まで瞬太と同じクラスだった青柳恵だ。

走ってきたのだろう。

頬が上気していて、胸が大きく上下している。

「青柳？　いらっしゃい」

「沢崎君、あたし……」

息があがっているのか、言葉につまる。

「えっと、あたし……都内の大学だから、家から通うんだ。江古田なの」

「へぇ、江古田ならわりと近いね」

話の方向がよくわからないが、青柳も祥明に合格のお礼を言いに来たのだろうか。

「あの……えっと、それで、お守りを買いたいんだけど」

「ああ、卒業式の日に、家内安全のお守りを買おうかなって言ってたっけ」

「そう、家内……」

青柳は途中まで言いかけてやめた。

「ううん、恋愛成就にする」

い。

「恋愛成就？」

瞬太は少し驚いて、ききかえす。

自宅から大学に通うのと、恋愛成就の護符がどうつながるのか、さっぱりわからない。

「うん、恋愛成就」

青柳は瞬太の目を見て、大きくうなずく。

「えっと……三千円だよ」

「三千円ね」

代金を支払うと、青柳は受け取った護符をしっかりと両手で胸におしあてた。

「じゃあまた来るね！」

青柳は満面に笑みをたたえると、階段をのぼっていく。

「青柳、好きな人ができたのか……」

遠ざかって行く後ろ姿を見ながら、瞬太は寂しそうにつぶやいた。

なにせ青柳は、瞬太の人生でただ一人、バレンタインデーに本命チョコをくれた女の子である。

自分は三井が好きだから、と、返事をしたのは瞬太自身なのに、他に好きな人ができたのだと知ると、何となく寂しい気がするのだから、勝手なものだ。

いやいや、だめだ、青柳が幸せになれるよう、応援しないと。

「やるな、青柳」

瞬太の背後で、江本が感心したように言った。

「へ？」

「たぶんどこかで、三井が八王子に引っ越すって聞いたんじゃないか？　それで、自分にもまだ逆転のチャンスがあるって、かけつけてきたんだよ」

「なんで三井が関係……あっ⁉」

「いや、驚いたな。今年のバレンタインはチョコくれなかったんだろ？　てっきり沢崎のことはあきらめたんだと思ってたけど、まさかの再燃かな。恋愛スペシャリストのおれでも予想外の展開だぜ。思えばハワイ修学旅行の頃から、青柳は攻めてたもんなぁ。おれも見習わないと」

江本はしきりに感心し、うなずいている。

「そ、そうなの、かな……？　いやでも、江本の勘違いじゃ」

「嬉しいくせに」

「ええと……その、おれ、紅茶いれてくる！」

瞬太は首まで真っ赤になりながら、休憩室にかけこんだのであった。

十二

三月十四日、いわゆるホワイトデーは、やわらかな雲が空をおおう花曇（はなぐも）りだった。

陰陽屋では、混雑分散のため、バレンタインのお返しは三月中ならいつ来てももらえることになっている。

ただし、瞬太目当ての人は別だ。

今年、午後一番で陰陽屋にあらわれたのは仲条律子だった。

「ばあちゃん、いつもバレンタインにチョコプリンをありがとう。これ、おれが生まれてはじめて焼いたクッキーなんだ」

透明なビニール袋にクッキーを十枚ばかり入れて、金色のリボンをかけたものをわたす。

昨日、江本といっしょに、お返しのクッキーを焼いたのだ。

といっても、瞬太は薄力粉をふるいにかけたくらいで、ほとんどの作業は江本がやってくれたのだが。

「あら、瞬太ちゃんのお手製なの!?」

「ちょっとかたくなっちゃったけど、心はいっぱいこもってるよ。あ、でも、まずかったら、無理して食べないでいいからね」

「ありがとう。すごく嬉しいわ」

いつも瞬太のまえではゆるみがちな律子の顔が、これ以上はないというくらい嬉しそうな満面の笑みになる。

「律子さん、いらっしゃいませ」

几帳のかげから祥明がでてきたとたん、律子の表情がひきしまった。

「ちょっと、祥明さん、大変なのよ！　このまえ杏子の公演を見にいったんだけど、妙にあたしたちに気をつかってくれる若い大道具の男の子がいたの。まさかと思って杏子を問い詰めたら、案の定、その子と交際していたのよ！　なんと杏子より十五歳も年下なんですって！」

「ほう。杏子さんは思いこみが強く、喧嘩早いところがおありですが、かなり年下のお相手ならきっと、優しく包みこむように愛そうとするでしょうし、なかなかいいバランスかもしれませんよ」

「あら、そうかしら？　そう言われればそんな気もするわね、さすが店長さん。でもやっぱり心配よねぇ」

「生年月日を聞いてきてくだされば、相性診断をしますよ。できれば生まれた時間と場所も」

「聞きだしてみせますよ」

黒縁眼鏡の奥で律子の目がキラリと光る。

女スパイ律子、復活なるか？

理由はともかく、律子が元気になったのはいいことだな、と、瞬太はほっとした。


律子が帰ってから三十分後。

祥明の幼なじみで、実家の柔道教室を手伝っている槇原秀行(まきはらひでゆき)が、両手に大きな紙袋をさげてきた。

「うちの子供教室の女の子たちから陰陽師さんへ、チョコのお返しだそうだ」

紙袋を二つともテーブルの上にどんと置くと、椅子に腰をおろす。

「ああ、バレンタインデーにお客さんたちからもらったチョコを、柔道教室に持って行ったんだっけ」

瞬太が紙袋の中身を確認すると、かわいらしいカードをそえた手作りクッキーから、なにやら高そうな有名店のマカロンやチョコまで、いろいろ入っている。

「お返しなんていらないのに。キツネ君、全部家に持って帰っていいぞ」

祥明は肩をすくめた。

「えっ、ほんとに!?　でもこれ母さんにあげたら、おれのクッキーなんかかすんじゃうかも」

そう言いながらも、瞬太はほくほく顔だ。

「お高いマカロンは日持ちしないから、すぐに食べた方がいいよ」

槙原がコンビニのビニール袋から缶コーヒーを三本とりだしたのを合図に、男三人のお茶会がはじまった。

「そういえば、子供たちの三角関係はその後どうなったの？」

子供教室で稽古をしている二人の女子が一人の男子をとりあい、激しいバトルが勃発しかかったのを、祥明がおさめたのである。

「女子はみんなヨシアキにぞっこんだな。今日もみんな陰陽屋までお菓子を持って行きたいっていうのをあきらめさせるの、大変だったよ」

「何て言ってあきらめさせたの？」

「女子がホワイトデーにお菓子を渡しても、告白にはならないから、行くなら来年のバレンタインデーの方がいいって説得したんだ。四月からは二人とも中学生だから、子供教室じゃなくなるしね」

中学生以上の弟子は、槙原の父と祖父が稽古をつけているのだという。

「なるほど、槙原さん考えたね！」

「ただの問題の先送りだろう。むしろこれ以上、バレンタインデーの行列が長くなると商店街から苦情がくるからやめさせろ」

「ヨシアキのぜいたくな悩みなんか知らん」

「二人の女子からチョコをもらって悩んでいた色白の男の子は、結局どっちを選んだの？　あの日いなかった第三の女の子？」

子供教室では、ヒグマ女子とハイエナ女子が、仔鹿少年を争っていたのである。

「ああ、片想いしていた女子にはふられたよ。チョコをくれた二人もヨシアキに心変わりしたし。あれだな、チャンスはまいこんだ時につかまないと、すぐに逃げていくっていうことを実感する、貴重な経験になったんじゃないかな」

「人生ってキビシイよね。槙原さんも、迷っているうちにチャンスをのがした経験があるの？」

「おれにはチャンスがめぐってきたことなんかないよ。女子は今も昔もみんなヨシアキにぞっこんだし……」

「待て。おれが国立からいなくなって、かれこれ九年だぞ？　その間おまえの邪魔をした覚えはないが」

余計なひとことだった。

槙原のこめかみがピクリとひきつる。

「ヨシアキ……」

槙原はゆらりと立ち上がり、狩衣の胸元に右手をのばした。

これは槙原得意の一本背負いだ……！

「待って、槙原さん、マカロンが！」

危険を察知した瞬太は、とっさに槙原の右腕に抱きついた。

祥明はどうでもいいが、今、テーブルをひっくり返されたら大惨事である。

「え？」

「槙原さんの気持ちは誰よりもよくわかってるけど、チョコもクッキーもあるから、祥明を投げとばすのはまた今度で」

「そうか」

槙原は瞬太にうなずくと、右手をひっこめた。

瞬太は問題の先送りに成功したようだ。

「そういえば、瞬太君も高校卒業だよね？　例の女の子とは……」

例の女の子、とは、三井のことである。

「もう、あんまり会えなくなりそう……」

「そうか……」

祥明が顔色ひとつかえず、知らんぷりを決めこんでいるのはさすがである。

ここで「おれのせいで、すまない」などと言われても困るだけなので、これはこれで助かるのだが。

「でも、おれ、三井と約束したんだ。おれはずっと陰陽屋にいるから、いつでも来てって。祥明もアルバイト続けていいって言ってるし、鼻の修業とか、占いの勉強もして、三井や槙原さんが困った時に相談にのれたらいいなと思ってるんだ」

「瞬太君、けなげすぎるぞ……！」

「えっ、そうかな？」

「ところでハナの修業ってなんだい？　生け花？」

「あっ、いや、まあ、そんな感じかな？」

しまった、普通の人は、嗅覚の修業なんかしないんだった。

「そうか、えらいぞ。ヨシアキ、ちゃんと瞬太君の面倒をみてやれよ」

「まったく、みんな同じことを言うんだな」

「え？」

「何でもない」

祥明は顔の前で扇をひらき、面倒くさそうにあくびをしたのであった。

階段の上まで槇原を見送りにでると、もう七時近かった。

かわいい狐のイラストが入った森下通り商店街の街灯がともり、そこここから美味しい匂いがただよってくる。

「そういえば県羽さんにも来てって言ったんだけど、忘れてるのかな」

瞬太のつぶやきに、祥明は肩をすくめた。

「どうせそのへんで待ってるんじゃないのか？　よく匂いをかいでみろ」

「そんな遠藤みたいなこと……」

そういえば二月に来た時も、瞬太たちが上海亭(シャンハイてい)からでてくるのを屋外で待っていたのだった、と、思い直す。

瞬太は嗅覚を全開にしてみた。

ちょうど晩ご飯どきなので、料理の匂いばかりである。

これは上海亭の餃子とラーメンの匂い。それから喫茶店の炭焼きコーヒー。チーズとソーセージの匂いはピザ屋さんだ。

あとは……。

「いた！」

匂いのする方へ瞬太が行ってみると、呉羽は今日は、ビルとビルの隙間にかくれていた。

「どうして陰陽屋に入ってこないの？」

「階段まで行ってみたんだけど、お客さんの話し声が聞こえたから、仕事の邪魔をしちゃいけないと思って」

「槙原さんは祥明の友だちだから、気にしないでよかったのに」

「そうなの？」

「うん。とにかくお店に来て」

瞬太は呉羽の腕に手をのばしかけて、一瞬ためらうが、思い切って、袖の上から手首をつかんだ。

手首をにぎったまま、陰陽屋の階段をおりて、黒いドアをあける。

「いらっしゃい、呉羽さん」

「こんばんは。あら、お菓子がたくさん」

テーブルの上を祥明が片付けようとしてくれたようだ。

空き缶と空箱、包装紙はなくなっていたが、まだ、あけていないお菓子がテーブルに積まれたままである。

ここで時間切れだったのだろう。

「えーと、これは、その、ホワイトデーだから……」

「ああ、お返しね」

「う、うん。あの……この中から好きなのを選んでいいよ。祥明、さっき、全部おれが持って帰っていいって言ったし、呉羽さんにあげてもいいよな？」

一応祥明に尋ねると、「それはかまわないが、おまえはそれでいいのか？」とききかえされた。

だが、この山を見られると、自分のしょぼいクッキーはだせない。

「瞬太君のも見せて。その袖の中のいい匂いは、クッキーかな？」

呉羽は童水干の袖の中から、クッキーの匂いをかぎつけたようだ。

さすが化けギツネである。

「あ、うん。でも」

瞬太は袂からごそごそとクッキーの袋をとりだした。

「これ、少しかたいし……」

「もしかして、瞬太君が焼いてくれたの!?　すごくいい匂い！」

呉羽はクッキーを鼻に近づけて、声をはずませる。

「うん。友だちと一緒に」

「そうなんだ。あたしこれをもらう。いいかな？」

「うん」

瞬太は照れくさそうに目をそらして、こくりとうなずいた。

「メッセージカードもついてるのね」

呉羽はビニール袋にテープではりつけられたカードをひらいた。

「東京都北区王子岸町……この住所は？　陰陽屋が移転するの？」

「おれ、ひとり暮らしをしてみようと思って」

「えっ!?　瞬太君が引っ越すの!?」

「うん。気仙沼に伸一っていう、十八歳で結婚した友だちがいるんだけど、このまえ電話したらさ……」

「ばばば、瞬太か!?　久しぶり。どうした？」

ばばば、というのは、驚いた時に使う気仙沼弁だ。

「伸一、おかゆがうまくつくれなかったって聞いたけど、大丈夫なのか心配になって。瑠海ちゃんに叱られなかった？」

伸一の妻の瑠海はみどりの姪で、瞬太の従姉にあたるのだが、もともときつい性格だったのが、子供が生まれて、一段と拍車がかかったのだ。

「ぜんっぜん大丈夫じゃないよ。瑠海ちゃんにガンガン叱られた。おれ、高校の成績はわりとよかったんだけど、家事はほとんどやったことなかったからさ」

「そういえば、おれも、おかゆなんて作ったことないな」

たぶん自分が伸一の立場だったら、おかゆを自分でつくろうなんて無謀なことは考えず、コンビニへレトルトを買いに行くことだろう。

「だろ？　いざ実家から出てみると、自分がどれだけ親に頼りっきりだったか身にしみるよ。おまえも結婚するまえに、一度、ひとり暮らしをして、家事がどんなものか体験しておいた方がいいよ。でないと結婚相手に迷惑をかけるし、叱られるし、馬鹿にされるし」

「伸一、苦労してるんだな……」

「おまえがひとり暮らしを始めたら、泊まりに行ってもいいか？　とても電話じゃ語りつくせないよ」

そんなの沢崎家に来ればいい、と、言おうとしたが、みどりのいる家で姪の愚痴をこぼすのは気がとがめるのだろう。

伸一はバスケットマンらしい大柄な身体(からだ)に似合わず、ノミの心臓なのである。

「わかった。いつの日か、おれが、ひとり暮らしをはじめたら、好きなだけ語りに来ていいよ。そのかわりおれのコイバナも聞いてくれ」

「まかせろ、得意分野だ」

伸一は明るい声でうけあった。

「その伸一君のために、ひとり暮らしをすることにしたの？　すごく仲良しなのね」

呉羽は感心したように言う。

「実は、伸一にひとり暮らしをしろって勧められた時は、すぐに実行するつもりはなかったんだ。祥明にも、いついつまでも実家暮らしはどうかと思うって言われたし、いつか大人になったら、くらいの軽い気持ちだった」

結婚するあてもないしね、と、瞬太は耳の裏をかく。

だが、いずれ自分は、沢崎家にはいられなくなる。

ホストのテクニックを使えば、五年や十年はごまかせると祥明は言っていたが、さすがに二十年以上は難しいだろう。

来たるべきその日にそなえて、一度はひとり暮らしの練習をしておいた方がいいかもしれない。

自分は伸一以上に、何もできない自信があるし……。

「でも一時間くらいして、そうか、おれがひとり暮らしになったら、伸一だけじゃなくて、呉羽さんや葛城さんも気軽に来られるなって思いついたんだ。やっぱり沢崎家には来づらいよね？」

一緒に暮らそうと言ってくれた、化けギツネの親戚たち。

一緒に暮らすのは無理でも、気軽に来てもらえたら。

いろいろ教えてもらいたいこともあるし、話したいこともある。

もちろん、陰陽屋のアルバイトはずっと続けるつもりだし、週に一回、高校にも行くから、引っ越すとしても、王子のどこかだ。

どこか格安のアパートが見つかるといいのだが。

そんなことを考えていたら、いつのまにか、かるがもハウジングの前に立っていたのである。

「え、じゃあ、あたしもこの住所に、遊びに行ってもいいの？」

「うん。もちろん沢崎の父さんと母さんも来るけど、いいよね？」

「いい、いいわ、ありがとう！　最高のホワイトデーよ」

呉羽はすごく嬉しそうに、何度もうなずいた。

十三

三月も終わりに近づき、王子が満開の桜でうまるころ。

飛鳥山公園も、王子親水公園も、夜桜見物の人たちで大にぎわいだが、沢崎家だけは桜どころではない。

「着替えに、カバンに、布団に。本は漫画だけでいいのかい？」

吾郎は荷造りしたものを確認しながら、瞬太に尋ねた。

明日は瞬太の引っ越しだというのに、まだ荷造りが終わっていないのだ。

「たりないものがあったら、また、取りにくるから、だいたいでいいよ」

「冷蔵庫と炊飯器と電子レンジは直接アパートに届くことになってるから大丈夫よね。でもやっぱり、オーブントースターもいるんじゃない？　朝のトーストつくれないわよ」

今日と明日、わざわざ二日間も仕事を休んだみどりは、リストの確認に余念がない。

「朝はどうせおきないから」

「……心配だわ。本当に大丈夫なの？」

「あっ、母さん、包丁とまな板がないよ！」

吾郎が痛恨のミスをおかしたかのような勢いで、大声をあげた。

「忘れてた。スーパーで売ってるかしら」

「もしいるようなら、自分で買いに行くからいいって」

「いるに決まってるじゃない！」

みどりの張り切りようは尋常ではない。

十八年間大事に育ててきた瞬太が家からでていくのが寂しくてしかたないのだが、

それをごまかすために、から元気を発揮しているのである。

その点、吾郎は正直者だ。

「引っ越しなんかめんどくさいから、やめちゃえばいいのに。父さんが引っ越し業者さんにキャンセルの電話をかけてあげるよ」

「だめだよ、かるがもハウジングの寿美代さんが苦労して探してきてくれたアパートなんだから」

瞬太はあわてて吾郎の携帯電話をとりあげる。

「かるがもハウジングって、王子駅のむこうにある？」

「うん、陰陽屋のお客さんなんだ」

「ふーん」

珍しく吾郎は、チッ、と、舌打ちした。

余計なことを、という気持ちが、顔からだだもれている。

こんな吾郎を見るのははじめてで、新鮮だ。

「いいかげんにしなさい、瞬太が困ってるじゃないの」

吾郎をビシッと叱りつけたのは、吾郎の母の初江だった。

瞬太の引っ越しの手伝いで、谷中から来てくれているのだ。

「引っ越し先の鍵をお出し。掃除してくるよ」

「おれも行くよ！　ばあちゃん一人にやらせるわけには」

「助っ人がいるから大丈夫」

瞬太が玄関ドアをあけて外を見ると、業務用のワゴン車に、森川光恵と、その息子夫婦が乗っていた。

光恵は、初江の三味線教室の生徒で、瞬太が陰陽屋で着ている童水干を仕立ててくれた人でもある。

「瞬太君がお引っ越しするって聞いて、お手伝いにきました」

「あれ、まだ七時だけど、お店は？」

「主人が暇そうにしていたから、店番頼んできたわ」

光恵は明るく笑う。

「お掃除得意だからまかせて！」

若おかみの麻央は、かわいい猫エプロン姿ではりきっている。

妙にハイテンションなみどりと、突然だだっこになった吾郎から逃れるために、引っ越し先のお掃除チームに瞬太も合流したかったのだが、猫の手はいらないようだ。

「親孝行だと思って、我慢をし」

吾郎の気持ちも、瞬太の気持ちも、初江はお見通しである。

「ばあちゃんにはかなわないなぁ」

瞬太は鍵を渡しながら、苦笑いをうかべる。

「あたりまえさ」

初江は鼻先で笑いとばすと、ワゴンに乗りこんで出発した。

瞬太の引っ越しが無事に終わったのは、翌日の夜九時すぎだった。

小さな丸テーブルにコンビニで買ってきた蕎麦をのせ、沢崎家の三人でたぐる。

「ここが瞬太の新居か」

「古いけど陽あたりもいいし、いいお部屋じゃない」

荷ほどきがおわった六畳の部屋を見まわし、みどりと吾郎は言う。半畳の小さな台所がついているが、風呂はない。

「でもお風呂がないのは不便ねぇ。うちに入りに来る？」

「平気だよ、祥明だって銭湯なんだし。それより、父さん、母さん……」

「なに？」

「特に母さんは明日、日勤で朝はやいし、そろそろ帰った方が……」

瞬太の指摘に、みどりはショックを受けたような顔をする。

「瞬ちゃん、母さんを追い返すつもり!?」

「帰りたくないのなら泊まってもいいけど、お客さん用の布団はないよ」

「そうだったわね」

「布団とってくるか？」

今度は吾郎である。

「一人で留守番だなんて、ジロがかわいそうだよ」

「ジロも連れてきちゃおうか！　ベランダに犬小屋置けるんじゃない？」

「母さん……」

「冗談よ。はいはい、父さんと母さんは退散します」

「おやすみなさい」

うちの過保護すぎる両親は大丈夫なのだろうか。

さすがの瞬太も心配せずにはいられないのだった。

十四

桜満開の四月。

ようやく春本番となり、晴れた日の昼間はコートがいらないくらいあたたかい。

一日四時間のアルバイトからフルタイム勤務の店員に昇格した瞬太は、昼すぎから陰陽屋の店内ではたきをかけている。

「それで、昨日も沢崎家で夜食をだしてもらったのか」

祥明は本を片手にベッドにねそべりながら、あきれ顔をする。

「ゲーム機をとりに帰ったら、たまたまカレーの残りがあって、すっごくいい匂いだったんだ」

「たまたまじゃないだろ」

祥明は肩をすくめる。

「おとといはおでんで、その前は鶏唐揚げか？　確実に吾郎さん、わざといい匂いのするものを作りおきしてるな」

「そうかも……。でも父さんも母さんも、おおげさなんだよな。うちから徒歩十分のアパートで、あんなに大騒動するとは思わなかったよ」

「たしかにな」

かるがもハウジングで、飛鳥高校と陰陽屋へ徒歩十分圏内の格安アパートを探してもらったら、沢崎家からも徒歩十分の物件だったのである。

生活力を身につけなくては、と、一念発起してのひとり暮らしなのだが、今のところ沢崎家にいりびたりだ。

「あれだな、気仙沼の赤ちゃんにまた来てもらって、みどりさんの目をそらすのがいいかもな」

「大ちゃんか！　また大きくなったって、このまえ瑠海ちゃんから画像が来てたんだ。見る？　ほらほら」

瞬太が携帯電話の画像を嬉しそうに見せるが、祥明は「ふーん」と興味なさそうだ。

「で、学校の方は？　編入手続きはすんだのか？」

「うん。授業風景も見せてもらったんだけど、いろんな年齢の人がいてびっくりした。

すごく厳しそうなじいちゃんとかいて、授業中、居眠りしてたら怒鳴られそうだったよ」

「ちょうどいいじゃないか。仮卒業を取り消されないように、まじめに勉強しろ」

「う、わかってるよ」

　瞬太は痛いところをつかれて、耳の裏をかく。

「で、授業は何をとることにしたんだ？　三年生の時に単位をとりそこねた科目をそのままやるのか？」

「ううん、新しく選び直していいって先生に言われたから、日本史と世界史と古文と中国語をとることにした」

「そんな科目に興味があったのか？」

　祥明は少なからず驚いて、顔をあげた。

「このまえ柊一郎じいちゃんに、何を勉強したら陰陽屋の仕事の役に立つのかなって相談したら、まずは歴史と古文だろうって」

「なるほどな」

「あとは東洋占いをメインで勉強するなら中国語、西洋占いなら英語って言われたんだけど、おれ、横文字とは相性悪いことがわかってるから中国語にした」

「相性？」

「おれ、一瞬にして眠くなるんだよ。逆に相性良すぎなのかも」

もちろん嗅覚の修業も少しずつはじめている。

こちらの師匠は佳流穂だ。

「まあいい、昨日教えた十二神将の名前は覚えているか？」

「ええと、まずは、青龍、朱雀、白虎、玄武。それから……あ、天乙貴人」

「まだ五つしか言えてないぞ」

「あのさ、このまえ、おれを占ってもらった時、祥明は、天乙貴人だから自然に道がひらけるって言ったよな。あれってどういう意味だったの？」

「天乙貴人は、一般的には目上の人がひきたててくれるという意味だが、まあ、キツネ君の場合は、まわりの人たち全員だな。みどりさん、吾郎さん、メガネ少年に、化けギツネたち。あとは、お稲荷さまのご加護か。実際、あの頃も、おまえのまわりではラッキーが続いていたし」

「そうだっけ？」

「メガネ少年がたまたま通りかかって、おまえを発見してくれたのもラッキーだったし、そもそも、仮卒業なんて聞いたことがないぞ。なんとかおまえを卒業させるために、先生たちが苦労して考えだしてくれたんじゃないのか？」

「そう言われれば……」

「まあ先生たちも、これ以上、おまえの補習につきあわされたくなかったんだろうがな」

　ははっ、と、瞬太が恥ずかしそうに耳の裏をかいていると、ためらいがちに階段をおりてくる靴音が聞こえてきた。細いヒールのパンプスのようだ。

「あ、お客さんだ！　この靴音は、はじめてのお客さんかも」

　瞬太は黄色い提灯を持って、入り口まで走っていく。

　祥明は狩衣の袖をパンとひっぱり、気合いを入れた。

「いらっしゃいませ、陰陽屋へようこそ」

「えっ、猫耳……に、陰陽師さん？」

　春色のスーツを着た女性客が、祥明のとっておきの営業スマイルに頬をそめる。

「はい。私はこの店の主で、安倍(あべ)祥明と申します。当店では、占い、ご祈禱(きとう)、お祓(はら)いから、心霊現象のご相談まで、幅広くうけたまわっております。本日は何をご希望でいらっしゃいますか？」

狐と桜と都電の町である東京都北区王子の、森下通り商店街。

桜の花びらが舞い散る階段の下、白い狩衣の陰陽師と、化けギツネの弟子の店がある。

（おわり）

あとがき

お久しぶりです、天野です。

ついに陰陽屋シリーズの本編が完結しましたよ、めでたいです！

あとがきを先に読んでいる人もいそうなので、どういう終わり方をしたかは秘密です☆

それにしても、もともとは全一巻のはずだった「陰陽屋」がシリーズ化され、十四巻まで続くことになろうとは、自分でも驚くやらあきれるやら。

ポプラ社の月刊「ａｓｔａ＊」創刊号に「陰陽屋へようこそ」の連載第一回が掲載されたのが二〇〇六年の秋なので、かれこれ十五年半もかかったことになります。

「キツネ君は高校を卒業できるの？」と何百回きかれたことか。

この間、東日本大震災が発生したり、テレビドラマや漫画、オーディオブックや朗読劇にしていただいたり、新型コロナウイルス感染症が猛威をふるったり、まあ、いろんなことがありました。

個人的にも、かわいい猫が二匹うちに来てくれるなどいろいろあったのですが、数年前に妹が急死したことは作品の完結時期に影響をあたえたかもしれません。

ちょうどその頃『陰陽屋百ものがたり』を書いていて、スピンオフ楽しいし、この先は本編とスピンオフを交互に書くのもいいんじゃないかしらなんて思っていたんですよ。

しかし妹のことがあり、これは本編を先に終わらせないとだめかも、と思い直すことに。

とはいえ、急にバタバタッと話をたたむのも不自然なので、じわじわと目標にむかってすすめてきました。

やっとエンドマークをつけられて、肩の荷をおろした気分です。やれやれ～。

というわけで、この後はゆるゆるとスピンオフざんまいするつもりなので、まだまだおつきあいいただければ幸いです。

今のところリクエストも多いし、書きたいなと思っているのは「祥明のホスト時代」と「海神別荘（瑠海と伸一の恋物語）の続き」ですね。

あとは、みどりと吾郎のなれそめとか、遠藤茉奈の委員長観察日記も楽しそうです。

リクエストは常に募集中なので、「このキャラクターのこういう話が読みたい」というのがあればお気軽にどうぞ。

さて、嗅覚のお話でも。

たまたま茶道教室に、香料メーカー勤務の先輩がいるのですが、この人の鼻がすごいのです。

猫を飼っている人はニオイでわかることがあるとか。

「うまれつき嗅覚が優秀だから香料メーカーに採用されたんですか？　それとも入社後に嗅覚を鍛えたんですか？」と質問したところ、「私は入社してから」だそうです。

人間の嗅覚も、鍛えれば鋭敏になるんですね！

ただし年をとってからでは難しいので、鍛えるなら若いうちに、とのことでした。

若い読者のみなさん、めざせ月村佳流穂ですよ！

猫で思い出したのですが、去年ポプラ社のキミノベルという新しい児童文庫レーベルから「マリカと魔法の猫ボンボン」という新シリーズを二冊だしました。

私の猫愛がぎゅうぎゅうにつめこまれた楽しい冒険譚なので、猫好きの人はぜひ読んでみてくださいね。

それでは最後に、陰陽屋シリーズの歴代編集者をはじめとするポプラ社の皆さま、たくさんの素敵なイラストを描いてくださったｔｏｉ８さま、ミヤケマイさま、漫画家の岩崎美奈子さま、デザイナーさま、らいとすたっふさま、書店員さま、ドラマ、漫画、朗読などでお世話になったたくさんの皆さま、そして、ずっと買い続けてくださった読者さまに心からの感謝を。

これからもどうぞよろしくお願い申し上げます。

二〇二二年　春　天野頌子

（追伸）

ツイッター（@AmanoSyoko）とインスタグラム（amano.syoko）で、新刊情報や朗読イベント情報を発信していることがあります。（メインは猫写真ですが！）チェックしていただけると幸いです。

参考文献

『現代・陰陽師入門　プロが教える陰陽道』（高橋圭也／著　朝日ソノラマ発行）
『安倍晴明　謎の大陰陽師とその占術』（藤巻一保／著　学習研究社発行）
『陰陽師列伝　日本史の闇の血脈』（志村有弘／著　学習研究社発行）
『陰陽師――安倍晴明の末裔たち』（荒俣宏／著　集英社発行）
『陰陽道　呪術と鬼神の世界』（鈴木一馨／著　講談社発行）
『陰陽道の本　日本史の闇を貫く秘儀・占術の系譜』（学習研究社発行）
『陰陽道奥義　安倍晴明「式盤」占い』（田口真堂／著　二見書房発行）
『安倍晴明「占事略決」詳解』（松岡秀達／著　岩田書院発行）
『鏡リュウジの占い大事典』（鏡リュウジ／著　説話社発行）
『野ギツネを追って』（D・マクドナルド／著　池田啓／訳　平凡社発行）
『狐狸学入門　キツネとタヌキはなぜ人を化かす?』（今泉忠明／著　講談社発行）
『キツネ村ものがたり　宮城蔵王キツネ村』（松原寛／写真　愛育社発行）
『足裏・手のひらセルフケア』（椎名絵里子／著　手島渚／監修　椎出版社発行）
『魔法の杖』（ジョージ・サバス／著　鏡リュウジ／訳　夜間飛行発行）

本書は、書き下ろしです。

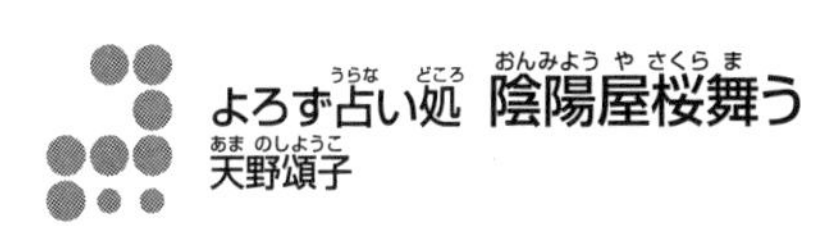

2022年4月5日初版発行

発行者……………千葉　均
発行所……………株式会社ポプラ社
〒102-8519　東京都千代田区麹町4-2-6
フォーマットデザイン　荻窪裕司(design clopper)
印刷・製本　中央精版印刷株式会社

ポプラ文庫ピュアフル

ホームページ　www.poplar.co.jp

N.D.C.913/300p/15cm
ISBN978-4-591-17366-4
P8111333

アルバイト先は妖怪の古道具屋さん!?
取り扱うのは不思議議なモノばかり――。

峰守ひろかず
『金沢古妖具屋くらがり堂』

装画：烏羽雨

金沢に転校してきた高校一年生の葛城汀一。街を散策しているときに古道具屋の店先にあった壺を壊してしまい、そこでアルバイトをすることに。……実はこの店は、妖怪たちの道具〝妖具〟を扱う店だった！ 主をはじめ、そこで働くクラスメートの時雨も妖怪で、人間たちにまじって暮らしているという。様々な妖怪や妖具と接するうちに、最初は汀一を邪険に扱っていた時雨とも次第に打ち解けていくが……。お人好し転校生×クールな美形妖怪コンビが古都を舞台に大活躍！

論理派陰陽師とおひとよし武士の
平安バディ・ミステリー開幕！

峰守ひろかず
『今昔ばけもの奇譚
五代目晴明と五代目頼光、宇治にて怪事変事に挑むこと』

装画：アオジマイコ

時は平安末期、酒呑童子を倒した豪傑として知られる源頼光の子孫・源頼政は、和歌が好きな心優しき武士。ある日、関白より都はずれにある宇治の警護を命じられる。宇治では人魚の肉を食べて不老不死になったという女が、人々に説法してお布施を巻き上げていた。なんとかせよと頼まれ途方にくれる頼政は、かの安倍晴明の子孫・安部泰親と出会う。頭脳明晰な泰親は、怪異の謎を見事に解き明かしていく――。